로크미디어가
유혹하는
재미있는 세상

ROK
MEDIA
로크미디어

천외천의 주인 33

2023년 3월 10일 초판 1쇄 인쇄
2023년 3월 15일 초판 1쇄 발행

지은이 한수오
발행인 강준규

기획 이기헌 왕소현 박경무 강민구 조익현
책임편집 오영란
마케팅지원 이원선

발행처 (주)로크미디어
출판등록 2003년 3월 24일
주소 서울시 마포구 마포대로 45 일진빌딩 6층
Tel (02)3273-5135 Fax (02)3273-5134
홈페이지 rokmedia.com E-mail rokmedia@empas.com

한수오 신무협 장편소설

33

천외천의 주인

| 영웅 英雄 |

차례

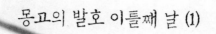

몽고의 발호 이틀째 날 (1)

몽고군 진영의 후방에서 불길이 치솟고, 눈부신 화광(火光)이 밤하늘로 퍼지는 그 순간, 설무백은 육정산 기슭에 도착해 있었다.

마도오문의 하나인 광천가의 세력이 육정산의 기슭에 주둔했다는 산해관의 노군관 이양도의 보고는 어김없는 사실이었다.

육정산의 초입에는 일정한 간격으로 매복이 깔려 있었고, 그 지대를 넘어서자 가파른 산비탈 아래 자리한 비스듬한 평지에 대략 백여 동의 막사와 파오가 자리 잡고 있었다.

광천가의 진영이었다.

육정산을 마주하는 순간에 이미 느낀 것이지만 절로 촉각을 곤두서게 만드는 마기가 물씬거렸다.

설무백은 신중하게 움직였다.

적과 내통하는 자가 본색이 드러나기 전에 알려 준 정보였다.

아무런 이유 없이 진실을 말해 주었을 리 만무했다.

제야림에 주둔한 몽고군의 진영에서 불현듯 불길이 치솟은 것이 그때였다.

순식간에 치솟은 화광이 대번에 크게 자라나서 드넓은 주변과 밤하늘을 밝혔다.

도심과 다른 평야에서 칠흑 같은 밤에 일어난 불길이라 실제보다 더 과장되게 보이는 것이나, 적어도 설무백의 눈에는 거의 사오백 장이나 떨어진 그곳에서 아우성치며 우왕좌왕하는 몽고의 병사들이 또렷하게 보였다.

광천가의 진영이 몽고군 진영에서 벌어진 그 소동에 반응했다.

막사와 파오를 벗어나는 자들이 부산하게 움직였다.

일부는 경계를 강화하고, 또 다른 일부는 그쪽으로 달려가는 와중에, 제법 범상치 않은 기도의 소유자들이 속속들이 모습을 드러내고 있었다.

사람들의 시야에 닿지 않는 어둠 속에서만 움직이던 설무백은 그때를 기다린 것처럼 그중의 하나를 표적으로 정해서 신속하게 낚아챘다.

복장을 제대로 갖추고 서둘러 파오를 나서던 중년사내였다.

천외천의
주인

고도의 은신술로 어둠 속에 도사리고 있다가 한순간 튀어나가서 중년사내의 마혈과 아혈을 점하고, 다시금 한순간에 어둠 속으로 잠식해 버리는 그의 행동은 실로 눈부시게 빠르면서도 더 없이 은밀해서 주변의 그 누구도 감지하지 했다.

당사자인 중년사내조차 그랬다.

설무백의 손에 마혈과 아혈을 제압당하며 어둠속으로 끌려 들어온 중년사내는 지금 자신이 무슨 일을 당하고 어떤 처지에 놓였는지 전혀 인지하지 못한 듯 두 눈만 끔뻑거리고 있었다.

설무백은 그에 아랑곳하지 않고 한손으로 그의 목을 움켜잡고 다른 한손으로 아혈을 풀어 주며 속삭여 물었다.

"부의기의 막사가 어디냐?"

중년사내의 눈빛이 크게 흔들렸다.

이제야 자신의 처지를 인지하며 혼란에 빠진 것 같은 기색이었다.

설무백은 공력을 일으킨 손아귀에 힘을 주었다.

"……!"

비명은커녕 신음조차 제대로 지르지 못하는 중년사내의 얼굴이 대번에 검붉게 변해 갔다.

입술이 퍼렇게 죽어 가고, 두 눈도 빛을 잃으며 흐릿해졌다.

설무백이 이미 서서히 흡령력을 시전해서 그의 진기가 빠져 나가고 있는 것이다.

"시간이 별로 없다. 어디냐?"

중년사내가 힘겹게 대답했다.

"가, 가주의 거처에는…… 가주의 신표가…… 끄으!"

중년사내가 미처 말을 끝내지 못한 채 눈이 돌아가며 턱이 늘어졌다.

설무백은 주저하지 않고 흡령력의 기운을 강화했다.

중년사내는 대번에 마른가지처럼 시들어 버리며 푸석푸석한 목내이의 모습으로 변해 버렸다.

설무백은 중년사내의 주검을 내려놓으며 본의 아니게 이맛살을 찌푸렸다.

중년사내는 하찮은 마졸 나부랭이가 아니라 제법 고수급으로 보였고, 실제로 상당한 경지의 마공에서 비롯된 내공을 가지고 있었다.

그런 자가 이리 쉽게 굴복한다는 것이 어째 석연치 않았다.

이건 기강이나 결속력의 부재인 것일까, 아니면 무언가 다른 것을 의미하는 것일까?

'혹시 내가 이런 식의 기습을 감행할 수도 있다고 생각해서 사전에 대비했다는 건가?'

아니다.

그보다는 중년사내가 그저 거짓을 고했을 가능성이 더 높았다. 그게 더 이치에 맞았다.

어차피 그도 중년사내가 진실을 고하지 않을 것이라고 생각해서 처음부터 과하게 손을 쓰지 않았나.

설무백은 내심 그런 결론을 내리면서도 어쩔 수 없이 경각심을 가지며 발길을 서둘렀다.

기밀하면서도 은밀한 신법이었다.

몽고군의 진영에서 일어난 소란으로 인해 이미 적잖은 광천가의 마졸들이 밖으로 나서서 분주하고 움직이는 상태였으나, 그처럼 고도의 은신술이 내포된 신법을 발휘해서 파오와 파오 사이의 그늘, 사람의 시선이 닿기 어려운 사각만을 이용해서 광천가의 진영을 거스르는 그의 존재를 파악하거나 인지하는 자는 아무도 없었다.

그러다가 설무백은 한순간 이동을 멈추며 새삼 이맛살을 찌푸렸다.

어림잡아 광천가의 진영 중심에 해당하는 장소에 다른 파오들과 서너 장의 거리를 두고 세워진 다섯 동의 파오가 자리 잡고 있었다.

마치 동서남북 네 방향에 자리 잡은 네 개의 파오가 하나의 파오를 감싼 형태였는데, 중앙을 차지한 파오는 다른 파오들과 비교가 되지 않을 정도로 거대하고, 지붕 위 삿갓처럼 뾰족한 끝자락에 광천가의 표기가 바람에 나부끼고 있었으며, 파오의 내부에서는 실로 예사롭지 않은 마기가 느껴졌다.

예상과 달리 중년사내의 말이 사실이었던 것이다.

'그렇단 말이지?'

설무백은 이제야말로 확신했다.

분명 광천가는 사전에 그가 이런 식의 기습을 감행할 수도 있다고 생각해서 대비했다. 그게 아니라면 밖에서 일어나는 소란에 아무런 대응도 하지 않은 채 도사리는 파오 내부의 마기는 도저히 설명될 수 없었다.

설무백은 잠시 망설였다.

상식적으로 이런 상황에서는 물러나는 것이 옳았다.

역공에 역공을 가하기 위해서 함정을 파놓고 미끼까지 던졌다는 사실을 알면서도 온 것이긴 하나, 적이 그마저도 예측하고 대비한 상태라면 길보다 흉이 많을 터였다.

그러나 설무백은 발길을 돌리지 않았다.

역습은 실패지만, 어차피 그는 적이 함정을 파고 있다는 것을 알고 나선 길이었다.

비록 유리함은 사라졌으나, 그래 봤자 아직도 서로가 동등한 입장이었다.

그런 마당에 이대로 그냥 물러나는 것은 굴복이었고, 그건 그의 자존심이 허락하지 않았다.

'마왕의 능력이 어느 정도인지 확인해 보는 것도 나쁘지 않지.'

설무백은 마음을 다잡고 암중을 벗어나 모습을 드러냈다.

거대한 하나의 파오를 감싼 네 개의 파오라는 형태로 여느 파오들과 서너 장의 거리를 두고 있는 파오들의 전면이었다.

그때, 측면의 작은 파오를 뚫고 나온 날카로운 칼날이 그의 목을 향해 휘둘러졌다.

"……!"

설무백은 순간적으로 몸을 기울여서 칼날을 피했다.

그 순간, 또 하나의 칼날이 날아들었다.

다른 측면의 파오를 뚫고 나온 칼날이었다.

빛살처럼 빨랐다.

아무리 설무백이라도 피하기에는 늦었다.

설무백은 피하지 않고 그대로 손을 내밀어서 쇄도하는 칼날을 움켜잡았다.

쨍-!

날카로운 쇳소리가 울리며 칼날이 박살 났다.

구부린 것도, 일그러뜨린 것도 아니고 그저 잡아서 비틀자 칼날이 산산조각 나서 날렸다.

"헉!"

칼을 휘둘렀던 자가 일순 놀라서 헛바람을 삼키며 멈칫했다.

그 순간에 뻗어진 설무백의 손이, 정확히는 손가락이 빛을 발했다.

슈슝-!

설무백의 손가락에서 발사된 백색의 빛줄기가 멈칫하며 헛바람을 삼킨 자의 이마를 관통했다.

그자가 비명도 지르지 못하고 통나무처럼 쓰러지는 사이에 설무백의 손가락이 방향을 바꾸었다.

다시금 그의 손가락에서 백색의 빛줄기가 발사되고, 그 빛은 이내 붉은 핏빛으로 바뀌었다.

처음에 기습을 했던 자가 마찬가지로 이미를 관통당해서 피화살을 뿌리며 넘어가고 있었다.

그때였다.

거대한 파오를 감싼 네 개의 작은 파오가 동시다발적으로 무너졌다.

사실은 파오의 거죽이 아래로 주저앉으며 내부가 드러난 것인데, 그 속도가 워낙 빨라서 마치 무너지는 것처럼 보이는 것이었다.

다음 순간, 네 개의 파오의 중심을 차지한 거대한 파오도 그렇게 무너지듯 내부를 드러냈다.

그렇게 드러난 파오의 내부에는 하나같이 짐승 가죽으로 만든 옷을 입은 사내들이 흉흉한 모습으로 서 있었다.

이제 보니 거대한 파오를 감싼 네 개의 파오에는 각기 두 사람이 잠복해 있었다.

그래서 전면의 작은 파오 두 곳에는 각기 한 명씩 밖에 없었다.

방금 전 기습을 했다가 그의 지공, 무극지에 두 명이 당해 버렸기 때문인데, 그래서인지 그들, 두 명이 유독 살기등등한 기세로 그를 노려보고 있었다.

동료의 죽음에 분노하고 있는 것이었다.

그러나 설무백의 관심은 그들에게 있지 않았다.

그의 시선은 중앙의 거대한 파오에서 모습을 드러낸 여덟 명의 인물에게 고정되어 있었다.

네 명의 노인과 세 명의 중늙은이, 그리고 한 명의 중년미부였다.

하나같이 범상치 않은 기도의 소유자들인 그들의 전신에서는 실로 가공할 마기가 느껴지고 있었다.

설무백은 그들을 살펴보다가 절로 고개를 갸웃했다.

네 명의 노인 중 세 명과 세 명의 중늙은이 중 하나는 광천가의 마인들이었다.

그들은 하나같이 다른 광천가의 마졸들처럼 짐승 가죽으로 만든 의복을 걸쳤고, 가슴에는 광천가의 상징인 표기가 새겨져 있었다.

그런데 묘하게도 그들과 함께 있는, 그것도 동등한 지위인 것처럼 어깨를 나란히 하고 있는 나머지 한 명의 노인과 두 명의 중늙은이, 한 명의 중년미부는 사뭇 다른 의복이었다.

홍일점인 중년미부는 중원에서 흔히 볼 수 있는 홍의를 걸쳤으나, 나머지 인물들은 비단금실이 섞인 화려한 갈의(褐衣)에 원나라 때 유행하던 와릉모(瓦菱帽)를 쓰고 있었다.

설무백은 문득 고개를 갸웃했다.

'어디서 봤더라?'

왠지 모르게 낯설지 않은 의복이었다.

그 바람에 그는 새삼스러운 눈초리로 갈의노인을 살펴보았는데, 그런 그의 시선을 마주한 갈의노인이 히죽 웃는 낯으로 곁에 서 있는 짐승 가죽옷의 노인 하나를 바라보며 말했다.

"사람 보는 눈은 있는 놈이군. 첫눈에 고수를 알아보는 걸 그래?"

짐승 가죽옷의 노인이 코웃음을 치며 한마디로 대꾸했다.

"네가 너무 못생겨서 쳐다보는 거야."

짐승 가죽옷 노인의 말마따나 갈의노인는 실로 추레한 몰골이었다.

잔뜩 주름진 이마 아래에 자리한 두 눈은 크고 작은 짝눈이며, 코는 한쪽으로 삐뚤어지고, 입가로는 뺨에서 시작한 굵은 칼자국이 지나고 있어서 소위 말하는 흉신악살의 모습이었다.

"흐흐, 내가 좀 그렇긴 하지. 흐흐흐……!"

때론 진실은 진실이기 때문에 더욱 사람을 화나게 만드는 법이었다.

하지만 갈의노인은 아무렇지도 않게 음충맞은 기소를 흘리며 짐승 가죽옷 노인의 말을 인정했다.

설무백은 그것으로 갈의노인의 정체를 어느 정도 유추할 수 있었다.

그가 이미 갈의노인을 향해 구박처럼 혹은 농처럼 말을 건넨 짐승 가죽옷의 노인이 누구인지 알아보았기 때문이다.

짐승 가죽옷의 노인은 바로 광천문의 주인인 광천패도 부의기였다.

부리부리한 호목와 어울리지 않게 작은 코와 작은 입술, 그리고 훤칠한 키와 종처럼 넓은 어깨 아래로 통나무처럼 밋밋한 허리에 매달고 있는 한 자루 거대한 패도가 그것을 대변하고 있었다.

혈뇌사야가 전날 그에게 알려 준 광천패도 부의기의 생김새와 일치하는 모습인 것이다.

결국 부의기와 지금처럼 격의 없이 지내는 사이라면 갈의노인 역시 마교총단으로 대변되는 마황궁 예하의 삼전오문구종 중 하나의 세력을 거느린 마왕이라는 뜻이었다.

'지원군까지 불렀다?'

설무백은 이건 정말 미처 예상하지 못한 부분이라 못내 경각심을 가질 수밖에 없었다.

그때 부의기가 히죽 웃는 낯으로 그의 전신을 훑어보며 말했다.

"약을 잘못 먹은 것 같은 은발에 기녀들이 오줌을 지릴 정도로 잘난 면상이니, 맞지? 눈꼴 시립도록 같잖고 거북하게 사신 어쩌고 하는 그 설무백이라는 애송이?"

부의기의 질문은 설무백에게 건넨 것이 아니었다.

부의기처럼 짐승 가죽옷을 입은 것으로 광천가의 일원임을 드러낸 두 노인 중 상대적으로 작고 추레한 몰골의 노인이 그와 마찬가지로 설무백을 응시하는 채로 기다렸다는 듯 대답했다.

"확실합니다. 그나저나 이렇게 혼자 오다니 정말이지 생각보다 더 대담한 녀석이군요."

설무백은 그것으로 노인의 정체도 파악할 수 있었다.

노인은 부의기의 장자방이자, 광천문의 책사인 공야진붕이 분명했다.

부의기가 매사에 습관적으로 묻고 확인하는 사람이 있고, 그가 바로 공야진붕이라는 것이 혈뇌사야의 언질이었다.

"뭐야?"

부의기가 오만상을 찡그리며 공야진붕을 쳐다봤다.

"늙은이가 그랬잖아? 저놈은 혼자 올 거라고?"

공야진붕이 주름진 입가를 비틀어서 몇 개 남지 않은 누런 이를 드러내며 웃었다.

"매사에 직접 나서는 그간의 행동을 봐서 이번에도 그럴 거라고 유추하긴 했습니다만, 사실 정말로 이렇게 혼자 올 줄은 몰랐습니다."

부의기가 실소하며 말했다.

"어쩐지……! 그래서 그렇게 애물단지 같은 저 단(單) 뇌괴와 손잡자고 악을 썼던 거구나? 어쩌면 저놈이 졸개들을 떼거지로 몰고 올지도 몰라서?"

설무백은 부의기의 말이 끝나기도 전에 고개를 돌려서 새삼스러운 눈빛으로 갈의노인을 바라보았다.

이제야 갈의노인의 정체를 안 것이다.

광천가의 주인인 부의기와 동급인 마왕들 중에서 단 씨 성을 가진 자는 오직 하나뿐이었다.

마도오문의 하나인 오행마문의 주인, 오행마신(五行魔神) 단천양(單泉壤)이 바로 그 주인공이었다.

그 사람, 오행마신 단천양이 그의 시선을 마주하며 늙은이답지 않게 싱긋 웃었다.

슬쩍 손을 들어서 까딱거리기까지 했다.

마치 울려는 애들을 어르는 듯한 손짓이었다.

그때 부의기의 말을 듣고 자못 음충스러운 기소를 머금은 공야진붕이 말했다.

"대비해서 나쁠 것은 없지요. 제가 알아본 바에 따르면 저자 밑에는 제법 쓸 만한 애들이 많았습니다."

부의기가 물었다.

"얼마나 쓸 만한 애들?"

공야진붕이 지체 없이 대답했다.

"글쎄요? 모르긴 해도, 사대흑살(四大黑殺) 정도는 나서야 제압이 가능한 자들이 아닐까 싶습니다."

부의기가 미간을 찌푸리며 삐딱한 시선으로 설무백을 바라보았다.

"믿기 어려운 말을 하네? 그럼 애가 사대흑살보다 뛰어나다는 거잖아?"

공야진붕이 바로 인정했다.

"제가 보기엔 그렇습니다. 방금 전 저자의 일수에 죽어 자빠진 무상귀(無相鬼)와 요풍귀(妖風鬼)가 광혼백마(狂魂百魔) 다음 가는 광천삼십육귀(狂天三十六鬼)의 사대고수 중 둘이라는 걸 잘 아시지 않습니까. 저들의 합공이라면 사대흑살의 누구도 감당하기 쉽지 않을 겁니다."

"너희들 생각도 같으냐?"

부의기가 슬쩍 뒤쪽의 파오에서 나선 네 사람을 바라보며 묻고 있었다.

그들이 바로 그의 수하이기 이전에 오인장로 등과 더불어 광천가의 수뇌 십삼인을 구성하는 사대흑살인 것이다.

그중의 한 사람, 사대흑살의 대형 격인 흑사대공(黑砂大公) 마효(馬梟)가 설무백을 주시하는 상태로 대답했다.

"수하는 동의할 수 없습니다."

부의기가 공야진붕에게 시선을 돌리며 말했다.

"그렇다는데?"

공야진붕이 쓰게 웃었다.

"혈기방장한 애들이라 그렇습니다. 애들 가지고 장난치지 마시고 주군의 생각을 말해 보십시오."

부의기가 어깨를 으쓱했다.

"사실 내 생각도 같아."

공야진붕이 오만상을 찡그렸다.

그 순간에 사대흑살의 말석에 서 있던 흑의장한, 바로 사대흑살의 막내인 흑심대살(黑心大殺) 마사보(馬思補)이 건들거리며 부의기의 곁으로 다가섰다.

입가에 비릿한 미소를 머금은 그는 싸늘한 눈초리로 설무백을 일별하며 부의기를 향해 물었다.

"주군의 말씀에 저도 포함되는 거겠죠?"

부의기가 자못 흥미롭다는 표정으로 반문했다.

"포함되면?"

마석이 머리를 좌우로 비틀어서 우둑 소리를 내며 비릿하게 웃었다.

"주군의 생각이 옳다는 것을 증명해야지요."

부의기가 기꺼운 표정으로 활짝 웃었다.

그때 그의 입에서 다른 말이 나오기 전에 먼저 말하는 사람이 있었다.

"수하가 먼저입니다, 주군."

설무백의 반격에 동료를 잃은 두 사람 중 하나, 바로 광천삼십육귀의 사대고수이기 이전에 수좌인 사령귀(死靈鬼)였다.

부의기가 이맛살을 찌푸렸다.

"너희들은 아닌 것 같은데?"

하비가 고집을 부렸다.

"아니라면 목숨으로 대신하겠습니다!"

공야진붕이 곱지 않은 시선으로 바라보며 나무랐다.

"하비, 네가 감히 주군 앞에서……!"

"아니, 됐어."

부의기가 슬쩍 손을 들어서 공야진붕을 막으며 웃었다.

"모름지기 사내라면 이 정도 고집은 있어야지. 그래 한번 해
봐. 대신……."

말꼬리를 느린 그는 사령귀의 곁에 서 있는 또 다른 광천삼
십육귀의 사대고수 중 하나인 지천귀(地天鬼)에게 시선을 주며
말을 끝맺었다.

"지천귀와 같이."

사령귀와 지천귀가 누가 먼저랄 것도 없이 동시에 고개를
숙였다.

"감사합니다, 주군!"

부의기는 그저 됐다는 듯 손을 내저었다.

그 모습을 본 공야진붕이 실로 내키지 않는 듯 쓰게 입맛을
다시면서도 더는 나서지 않았다.

결정을 하기 전이라면 몰라도, 일단 결정을 내리면 하늘이
두 쪽 나는 한이 있어도 절대 번복하지 않는 부의기의 고집스
러운 성격을 그는 익히 잘 알고 있었다.

한편으로 그 역시 적잖게 궁금했다.

기실 앞서 설무백을 기습했던 아명귀(亞明鬼)와 청상귀(靑霜鬼)
는 방심했다.

기본적으로 설무백을 얕보고 방만하게 달려들다가 허무하게
당해 버렸다.

반면에 지금 나서는 사령귀와 지천귀는 기본적으로 아명귀와 청상귀보다 강할 뿐만 아니라, 복수를 위해서라도 절대 방심하지 않을 터였다.

　그렇다고 사령귀와 지천귀가 설무백을 제압할 거라고는 기대하지 않지만, 전력을 다한 그들의 공격이라면 설무백의 무위를 정확히 가늠할 수 있을 것이고, 그건 향후 풍잔을 상대하는 데 매우 귀중한 자료가 될 것이었다.

　'사령귀와 지천귀가 아깝긴 하지만……!'

　공야진붕은 찰나지간 그런 생각을 하며 슬쩍 부의기를 살펴보았다.

　어쩌면 부의기도 그와 같은 생각을 하는 것인지도 모른다고 생각이 문득 들었기 때문이다.

　그러다가 그는 절로 미간을 찌푸렸다.

　이유여하를 막론하고 부의기는 감정이 드러나지 않는 밋밋한 눈빛과 얼굴을 견지하는 사람이라 가장 최측근임을 자부하는 그조차 좀처럼 속내를 읽기 어려웠다.

　그런데 지금 부의기는 달랐다.

　설무백을 응시하고 있는 부의기는 왠지 모르게 달아오른 눈빛이고, 얼굴에는 여린 홍조가 서려 있었다.

　'설마 승부욕……?'

　틀림없었다.

　극마지경을 넘어서서 마를 제어할 있는 제마지경(制魔地境)에 들어선 이후부터는 마교의 마왕들 이외에는 안중에도 없던 부의기가 설무백에게 승부욕을 느끼고 있었다.

공야진붕은 실로 깜짝 놀라서 본능처럼 고개를 돌려서 설무백을 살펴보았다.

사령귀과 지천귀가 칼을 뽑아 든 채 앞으로 나서서 설무백과 대치하는 상황이었다.

엄청난 살기가 비등하고 있었다.

사령귀와 지천귀가 시작부터 전력을 다하고 있다는 방증이었다.

다만 설무백은 그런 살기에 아랑곳하지 않고 내내 그랬던 것처럼 침묵을 유지한 채 묵묵히 서 있었다.

"······!"

공야진붕은 절로 눈이 커졌다.

아무리 봐도 설무백에게서 그 어떤 감정의 변화도 읽을 수 없었다.

그는 지금 함정에 빠져서 하나같이 부담스러운 또는 두려운 초절정고수들에 포위당한 상태에서도 부의기보다도 더 차분하고 침착한 평정심을 유지하고 있는 것이다.

'좋지 않다!'

공야진붕이 절로 껄끄러운 기분에 사로잡힐 때였다.

대치하고 있던 그들의 싸움이 시작되었다.

사령귀와 지천귀의 선공이었다.

사령귀는 우측으로, 지천귀는 좌측으로 돌았다.

그다음에 한순간 자석에 이끌린 쇠붙이처럼 설무백을 향해 방향을 꺾었다.

섬광처럼 빠르기도 했지만, 사전에 수 백 번 이상의 합을 맞추어 보지 않았다면 절대 그럴 수 없을 정도로 정교한 합공이었다.

그리고 거기에, 정확히는 그들이 휘두르는 칼날에서 솟구친 검기에 시커먼 마기가 더해졌다.

공야진붕의 생각대로 앞선 아명귀와 청상귀가 설무백을 얕보고 전력을 다하지 않았다는 사실이 드러나는 순간이었다.

그러나 설무백은 그때까지도 움직이지 않고 있었다. 아니, 대응을 하지 않았을 뿐이지 움직이긴 했다.

그는 전광석화와 같은 사령귀와 지천귀의 쇄도에 아랑곳하지 않고 주변을 둘러보고 있었다.

어느새 주변으로 몰려들어서 장사진을 이룬 광천문의 무사들을 부담스러워하는 것일까?

그럴 수도 있었다.

그런데 곧바로 이어진 설무백의 행동이 공야진붕의 가슴을 한층 더 서늘하게 만들었다.

설무백의 냉정한 눈초리가 이내 그들의 뒤쪽을 주시했던 것이다.

'설마……?'

공야진붕의 가슴이 덜컥 내려앉은 그 순간에 설무백이 움직였다.

설명은 길었으나, 이는 실로 찰나지간을 반으로 쪼갠 것처럼 짧은 순간에 벌어진 상황이었다.

기실 설무백은 애초에 자신을 도마에 오른 생선처럼 생각하며 나불거리는 부의기 등을 비웃어 주려고 하다가 이내 그만두었다.

태연자약한 그들의 태도가 못내 거슬리긴 했으나, 작금의 상황이 생각보다 더 심각하다는 것을 인지했기 때문이다.

부의기 등의 뒤쪽에 다수의 도수부들이 도사리고 있었다. 그리고 그들은 놀랍게도 부의기 등에 못지않게 마기를 갈무리한 자들이었다.

설무백은 그렇듯 변수가 일어날 수 있는 주변의 상황을 살피고 나서 움직인 것인데, 그럼에도 불구하고 전력을 다해서 쇄도하며 휘두른 사령귀와 지천귀의 칼날보다 빨랐다.

촤아악-!

설무백은 자신만의 공간에서 움직였다.

다른 사람의 시간은 느리게 흐르는 공간이었다.

그 바람에 그가 환검 백아를 뽑아서 휘두르는 장면은 다른 사람들의 눈에 제대로 보이지 않았다.

그저 섬광이 명멸했고, 그다음 순간에 전광석화처럼 쇄도하며 칼을 휘두르던 사령귀와 지천귀의 머리가 허공으로 떠올랐을 뿐이었다.

설무백은 처음에 자신을 기습했던 아명귀와 청상귀의 칼질로 인해 그들이 상당한 고수급이라는 것을 알아차렸다.

특히나 광천패도 부의기와 오행마신 단천양의 기도는 실로 예사롭지 않았다.

처음부터 그의 눈에는 그들이 한 마리 성난 고슴도치처럼 느껴졌다.

그들의 기도와 더불어 내면에 품고 있는 마기가 그토록 삼엄했다.

분명 거리를 두고 떨어져 있음에도 빽빽하게 꽂아 놓은 바늘을 손으로 만지는 듯한, 전신의 털을 한 올 한 올 꼿꼿이 세운 성난 표범이 먹이를 발견하고 살기에 젖어서 도사리고 있는 듯한, 가히 누구라도 마주하면 절로 몸이 움츠러들 정도의 살벌한 기세가 그들에서 느껴진 것이다.

그래서 그도 신중하게 대응했고, 추호도 망설이지 않았다.

즉, 전에 없이 처음부터 칼을 뽑아 들었고, 살수를 자제하지 않은 것이다.

적의 수준을 인지한 이상, 섣부른 인정은 고스란히 자신의 피해로 다가올 것이기 때문이다.

그리고 또한 그는 망설이지 않았다.

사령귀와 지천귀의 머리가 허공으로 떠오르는 순간에 그는 시위를 떠난 화살보다 더 빠르게 앞으로 쏘아져 나갔다.

싸움을 피할 생각이 없는 이상, 우선적으로 부의기의 목숨부터 취하는 것이 좋았다.

그 순간 장내의 모두가 동시다발적으로 반응했다.

무지막지한 그 여파가 거대한 빛의 덩어리로 화해 버렸다.

"놈!"

누군가 자신을 노리는 것은 다른 누구보다도 당사자가 가장 먼저 알 수밖에 없는 법이다.

부의기도 그랬다.

순간적으로 그가 거대해졌다.

무지막지하게 일어난 기세가 그를 그렇게 보이도록 아니, 느껴지도록 만들었다.

동시에 그의 신형이 두둥실 떠서 뒤로 멀찍이 물러났다.

바닥에 놓인 깃털을 잡으려고 빠르게 손을 뻗으면 깃털이 먼저 스르르 물러나 버리는 것처럼 부드럽고 자연스러운 움직이었다.

그 바람에 빛살과도 같은 설무백의 기습적인 공격, 백아의 서슬이 그에게 닿지 않았다.

설무백은 자못 놀랐다.

부의기가 이처럼 완벽하게 그의 공격을 회피할 줄은 몰랐다.

부의기의 기세가 거짓말처럼 단단하게 강화되며 거대해진 것도 예상 밖의 일이라 못내 당황스러웠다.

다만 놀라고 당황하고만 있을 때가 아니었다.

부의기가 물러난 공간을 차지한 그를 향해 노도처럼 강렬한 두 줄기 살기가 쇄도하고 있었다.

　부의기 등의 뒤에 시립해 있던 사대흑살 중 두 명, 셋째 흑수대마(黑手大魔) 마소의(馬素意)와 막내 흑심대살 마사보의 반격이었다.

　저마다 다른 형태를 가진 두 자루 기형도가 설무백의 상체와 하체를 휩쓸어 오고 있었다.

　한 명은 칼끝만 보이도록 직선으로, 다른 한 명은 지면에 닿을 정도로 낮게 쇄도했다.

　칼날에 담긴 싸늘한 기운이 대여섯 자나 늘어났다.

　칼날이 닿기도 전에 먼저 다가온 기세가 설무백의 가슴을 헤집고 종아리를 긁었다.

　그러나 설무백은 서두르지 않았다.

　쇄도하는 칼날을 정확히 보며 방어와 반격을 고려하며 결정을 내렸다.

　자신만의 공간에 들어서서 자신만의 시간을 사용하는 지금의 그에게는 그 정도 여유가 있었다.

　다음 순간, 그는 결정을 내리며 반응했다.

　환검 백아가 그의 손을 떠나서 두둥실 떠올라서 저만치 물러난 부의기를 따라갔다.

　이기어검이 아니었다.

　백아는 검극을 세우고 검신을 내보인 채 날아가고 있었다.

마치 눈에 보이지 않는 투명인간이 검을 들고 쏘아진 듯이 보이는 광경이었다.

이기어술로 대변되는 심검과 검강으로 대변되는 신검의 중간 어디쯤에 있는 그의 비기, 비검이었다.

그 뒤로 그의 손에 요술처럼 거무튀튀한 한 자루 양날 창, 묵린이 들렸고, 원을 그리며 돌아서 돌풍을 일으켰다.

까캉—!

흑린이 일으킨 검은 돌풍이 그의 가슴을 노리는 마소의의 칼날을 쳐서 저 멀리 날려 버리고, 낮게 짓쳐들며 다리를 노리는 마사보의 칼날을 찍어 눌러서 박살 냈다.

마소의의 상체가 열렸다.

수중을 벗어나는 칼을 애써 잡으려고 손을 뻗어 냈기 때문이다.

마사보는 앞으로 고꾸라지고 있었다.

그가 휘두르던 칼이 위에서 아래로 가해진 흑린의 돌풍의 영향으로 박살 나 버린 결과였다.

설무백이 흑린을 휘돌려서 일으킨 검은 돌풍이, 정확히는 무지막지한 강기의 덩어리가 그런 마소의와 마사보의 가슴을 길게 훑었고, 마소의의 등판을 갈아 버렸다.

촤아아악—!

마소의의 가슴이 쩍 갈라지며 피를 뿌렸다.

마소의는 활처럼 휘어지며 부러져 나간 허리로 땅속에 머리를 처박았다.

방어나 회피는커녕 비명조차 지를 수 없는 죽음이었다.

"이런……!"

부의기는 그 광경을 보고 눈을 크게 떴으나, 그가 나설 수 있는 상황이 아니었다.

설무백의 손을 떠난 환검 백아가 그의 면전에 다가온 상태였다.

백아의 반투명한 서슬이 서릿발처럼 싸늘한 기세를 그물처럼 펼쳐졌다.

깡-!

부의기가 부지불식간에 칼을 뽑아서 백아를 상대했다.

막아 내는 것이 아니라 상대한다고 말하는 것은 백아가 살아 있는 생명체처럼 혹은 보이지 않는 누군가가 잡고 휘두르는 것처럼 신랄하면서도 정교한 초식을 구사했기 때문이다.

"무슨 이런 개 같은 경우가……!"

부의기가 마교의 실세 중 하나인 마왕씩이나 되는 사람답지 않게 상스러운 말을 뱉어 내며 백아를 상대하는 그 순간, 사대 흑살의 대형인 흑사대공 마효와 둘째 흑살대군(黑殺大君) 마중이(馬重異)가 나섰다.

형제의 정이 주인을 지켜야 한다는 책임감을 넘어선 모양이었다.

부의기의 싸움에는 시선조차 주지 않고 설무백을 덮치고 있었다.

쐐애액—!

예리한 파공음이 공기를 갈랐다.

구름처럼 뭉클 피어나는 마기 아래 냉광을 서릿발처럼 뿌리는 그들의 칼날이 허공을 맹렬히 갈랐다.

한 동작으로 보였지만 한 동작이 아니었다.

눈으로는 도저히 셀 수 없는 무수한 칼 그림자가 만들어져서 설무백을 그물에 가둬 버리는 것 같은 공격이었다.

누가 봐도 그 그물을 뒤집어쓴다면 설무백의 전신은 천 갈래 만 갈래로 찢어발겨질 것 같았다.

설무백은 이번에도 잠시 그대로 서서 그들의 공격을 지켜보다가 반격에 나섰다.

다른 사람의 눈에는 전혀 그렇게 보이지 않았지만, 오히려 시종일관 눈부신 속도로 움직이는 것으로 보였지만, 적어도 그는 그 정도의 시간을 활용한 것이었다.

그 순간!

번쩍—!

설무백의 손에서 눈부신 적색광망이 일어나고, 그 적색광망이 거대한 기둥처럼 솟구쳐서 마효와 마중이 펼친 무수한 검날을, 바로 검기의 그물을 갈기갈기 찢어발겨 버렸다.

"컥!"

"크윽!"

허공에 떠 있던 마효와 마중이가 칠공에서 피를 토하며 저 멀리 날아갔다.

그들의 손에 들렸던 기형도는 이미 산산조각 나서 흩어지고 없었다.

장내의 사람들은 그제야 설무백의 손에서 날아오는 적색광망의 정체를 파악할 수 있었다.

가랑잎처럼 날아가는 마효와 마중이의 사이를 가로지르며 돌아서 설무백의 손으로 돌아온 그 적색광망의 정체는 바로 거무튀튀한 빛깔에 희뿌연 서기가 휘감긴 양날 창 묵린이었다.

"이기어술!"

누군가 경악과 불신에 찬 목소리로 부르짖었다.

때를 같이해서 나직한 중얼거림이 들리며 희뿌연 잿빛 그림자 하나가 설무백의 측면을 노리고 빠르게 쇄도해 들었다.

"과연 노부를 부른 이유가 있는 놈이구나!"

거대한 아름드리나무가 통째로 휘둘러지는 것같이 기둥처럼 일어난 기운이 설무백의 전신을 휩쓸었다.

내내 예리한 눈초리로 싸움을 관망하던 오행마신 단천양의 공격이었다.

"이제야 싸울 생각이 났나?"

설무백이 냉소를 날렸다.

도기의 기둥이, 바로 검기가 응축된 도강이 그의 전신을 휩쓰는 와중에 뱉어 낸 냉소였다.

사람들의 눈에는 완전히 당했다고 보이는 순간에 그의 신형이 희미하게 사라졌다.

　도강이 닿지 않는 측면에 그가 모습을 드러내고 있었다.

　주변에서 모인 수백의 시선 중 단 하나도 제대로 확인할 수 없는 고도의 신법, 이형환위였다.

　그다음은 그 신법만큼이나 빠른 반격이 이어졌다.

　쌔액-!

　짧지만 강렬한 바람이 공기를 갈랐다.

　설무백이 뻗어 낸 흑린의 한쪽 서슬이 헛손질로 중심이 무너진 단천양의 가슴을 노리고 있었다.

　단천양이 빙판을 미끄러지듯 뒤로 물러났다.

　와중에 한 줄기 강렬한 파공음이 일어났다.

　푸른 광망 하나가 폭풍을 일으키며 설무백을 향해 날아들고 있었다.

　뒤로 미끄러지던 단천양의 손에서 반출된 푸른 광망, 바로 칼이었다.

　"건방진 애송이야, 이기어술이 너만의 전유물인 줄 아느냐!"

　과연 단천양의 공격은 바로 이기어도였다.

　그의 손에서 푸른 광망이 쏘아졌다 싶은 순간에 그 푸른 광망, 바로 시퍼런 검기에 휩싸인 칼은 벌써 설무백의 면전에 도달해 있었다.

　"……!"

설무백은 촛불이 꺼지듯 사라졌다 나타나기를 반복하며 연속해서 자리를 바꾸었다.

그런데 하필이면 그때 비검으로 상대하던 부의기가 강렬한 힘으로 백아를 내치는 바람에 바로 맞받아칠 수가 없었다.

지금 그는 부의기와 단천양을 동시에 상대하고 있는 것이다.

휘이이이익―!

단천양의 이기어도가 폭풍을 일으키며 설무백의 잔영들을 휘젓고 돌다가 허공으로 솟아올랐다.

어느새 지상을 박차고 날아오른 단천양이 허공에 두둥실 떠 있다가 칼을 휘수하고 있었던 것이다.

설무백이 허공에 떠 있는 단천양을 손으로 가리켜다.

그의 손끝을 떠난 빛이 빨랫줄처럼 단천양과 이어졌다.

극강의 지공인 무극지였다.

"……!"

허공에 뜬 상태로 칼을 휘수하고 있던 단천양이 눈을 크게 뜨며 다급히 휘수한 칼을 휘둘렀다.

깡―!

거친 금속성이 터졌다.

단천양이 크게 휘청거리며 허공에서 뒤로 주룩 밀려 나갔다.

반달처럼 둥글게 휘어진 끝에 이리의 이빨처럼 날카로운 서너 개의 톱날이 튀어나와 있는 그의 낭아도(狼牙刀)가 이빨이 하나 나간 상태로 연기가 피어나고 있었다.

간신히 막아 내긴 했으나, 그도 여파를 감당하지 못해서 밀려났고, 그의 칼도 이빨이 나간 것이다.

"이 버러지 같은 놈이 감히……!"

한껏 일그러진 단천양의 얼굴에 푸른빛이 감돌았다.

극도의 분노가 일어난 모습이었다.

그러던 그의 눈이 갑자기 커졌다.

지공을 날린 설무백의 신형이 그의 시야에서 사라졌기 때문이다.

"헉!"

단천양은 눈에 보이지는 않지만 무언가 강렬한 기운이 다가온다는 느낌이 들어 곧바로 헛바람을 삼키며 다급히 뒤로 자리를 이동했다.

몸을 지탱할 수 있는 것이 아무것도 없는 허공에 떠 있어도 그 정도는 능히 가능한 고수가 그였다.

과연 간발의 차이로 쇄도한 적색광망이 그의 면전을 휩쓸고 지나갔다.

반원을 그리며 돌아가는 그 적색광망을 움켜쥐는 것은 바로 어느새 그처럼 허공에 떠올라 있는 설무백의 손이었고, 적색광망은 그의 손에서 양날 창 흑린으로 변했다.

그때 지상에서 솟구친 강맹한 기운이 설무백을 노렸다.

설무백은 이미 그것을 느끼고 있었던 것처럼 스르르 그 자리에서 사라져서 피했다.

그런 그의 잔영을 휩쓸고 지나간 기운이 사람으로 바뀌었다.

바로 부의기였다.

그가 상대하던 비검을 한순간 크게 내치며 솟구쳐서 설무백을 노렸던 것이다.

그러나 부의기가 활용할 수 있는 여유는 그게 다였다.

그의 뒤를 비검이 따라붙고 있었다.

비검은 잠시 내쳐졌을 뿐이지 완전히 떨어져 나간 것이 아니었다.

"익!"

부의기가 반사적으로 돌아서며 칼을 휘둘러서 비검을 상대했다.

비검의 기운이 그를 압박했다.

그는 비검이 발휘하는 초식을 막으며 어쩔 수 없이 다시 지상으로 내려갔다.

설무백은 한순간 부의기의 뒷등을 노리려고 생각했다가 이내 포기했다.

아쉽게도 그럴 기회가 없었다.

지금 그가 상대하는 부의기와 단천양은 그만의 시공간을 침범할 수 있는 능력자들이었기 때문이다.

"어디 한번 갈 때까지 가 보자, 이놈!"

이를 가는 단천양의 으르렁거림이 설무백의 귓전을 스쳤다.

단천양의 손을 떠난 낭아도가 벌써 그를 향해 직선으로 날아들고 있었다.

순간, 결단을 내려야 한다는 생각이 설무백의 뇌리를 장악했다.

지금 그는 마교의 마왕들인 부의기와 단천양을 동시에 상대하면서도 밀리지 않을 자신이 있었고, 실제로 밀리지 않는 상태였다.

그러나 그게 다였다. 그저 밀리지 않을 뿐, 완전히 누르거나 압도하지는 못하고 있었다.

고작 막상막하(莫上莫下), 백중지세(伯仲之勢)의 싸움을 벌이는 것이 전부인 것이다.

둘 중 하나만을 상대한다면 승산이 충분했다.

비검으로 몰아붙이고, 이기어술을 활용한다면 누구든 충분히 제압할 수 있을 터였다.

하지만 공교롭게도 상대는 둘이었고, 그 둘 모두 검강과 이기어술의 경지를 이루어서 어떻게든 그의 공격을 막아 내고 있었다.

무엇보다도 둘 다 그와 비등한 경신술을 소유한 고수들인지라 선뜻 비장의 한수인 흡령력을 시전해 볼 기회가 없었다.

막무가내로 다가섰다가는 감당하기 어려운 역습을 당할 수도 있는 것인데, 그렇다고 언제까지 이대로 질질 시간만 끌 수는 없는 일이었다.

연거푸 이기어술을 펼치다가 기력이 다해서 뜻하지 않게 혼절해 버린 경험이 있지 않은가.

사방이 적인 이곳에서 그랬다가는 실로 끝장이었다.

'게다가 여기가 이렇다면 몽고군 진영에도 예기치 않는 변수가 잠복해 있다는 뜻이다!'

짧은 순간, 설무백은 고민하고 이내 결정을 내리며 전신의 공력을 일으켜서 단천양을 향해 묵린을 날렸다.

"내겐 네놈의 이기어술이 소용없다는 걸 아직도 모르느냐!"

단천양이 조소하며 낭아도를 날렸다.

적색광망으로 변한 묵린과 푸른 광채에 휩싸인 낭아도가 허공에서 마주치며 폭발했다.

꽝!

벽력이 치고 뇌성이 울었다.

한순간 밤하늘이 눈부신 백색으로 물들어 버렸다.

설무백은 그때를 기다린 듯이 시위를 떠난 화살처럼 빠르게 단천양을 향해 쏘아졌다.

격돌의 여파로 돌아온 묵린이 그 순간에 그의 수중으로 돌아오고 있었다.

"흥!"

단천양이 그와 마찬가지로 낭아도를 회수하며 뻔한 수작이라는 듯 코웃음을 날렸다.

설무백의 수중에서 물고기처럼 펄떡이던 묵린이 그 순간에 재차 날아올랐다.

단천양이 반사적으로 낭아도를 날렸다. 그리고 이내 어리둥절해져서 당황스러운 눈동자를 굴렸다.

설무백의 수중에서 날아올라 적색광망으로 변한 묵린의 표적은 단천양이 아니었다.

그의 비검을 상대하고 있는 부의기였다.

"살기가 지루한 게로구나!"

단천양이 이내 냉소를 날리는 찰나, 육탄으로 돌격하던 설무백의 신형이 아지랑이처럼 흔들렸다.

극성으로 일으킨 호신강기로 인해 보는 이의 눈에 그런 현상이 일어난 것인데, 그와 동시에 그의 얼굴이 거무튀튀한 빛깔로 진해지고 있었다.

무극신화강에 이어 대성을 이룬 철마신공의 극단인 철마신의 경지로 육체를 강화한 것이다.

그 상태로, 그는 한손을 몽둥이처럼 휘둘러서 쇄도하는 푸른 광채를, 바로 단천양이 이기어술로 펼친 낭아도를 막았다.

칵-!

섬뜩한 소음이 터졌다.

흡사 강철기둥에 칼이 파고드는 것처럼 둔탁하면서도 날카로운 쇳소리였다.

그 소리와 함께 잠시 시간이 정지했다.

허공을 직선으로 가르며 날아온 푸른 광채가 다시 한 자루의 낭아도로 변해서 설무백의 팔뚝에 박혀 있었다.

낭아도의 서슬이 반쯤 파고든 그의 팔뚝에서 붉은 핏물이 흘러내렸다.

단천양의 이기어도는 극강의 호신강기인 무극신화강을 뚫기는 했으나, 철마신의 육체까지는 완전히 베지 못한 것이다.

"……!"

단천양이 정말이지 믿을 수 없다는 듯 경악과 불신에 가득 찬 눈을 크게 부릅뜨는 그 순간, 설무백은 다시 움직였다.

낭아도가 박힌 설무백의 손이 단천양을 향해 활짝 펼쳐졌다.

잠시 희뿌연 서기가 어른거리긴 했으나, 그 이외에는 아무런 변화도, 기척도 일어나지 않은 그 손짓에 따라 단천양이 반사적으로 쌍수를 내밀었다.

펑-!

"크으……!"

엄청난 폭음 뒤로 단천양의 억눌린 신음이 흘렀다.

그의 신형이 바람에 날리는 가랑잎처럼 저 멀리 날아가고 있었다.

격돌의 여파를 이기지 못하고 튕겨진 것이다.

지상에서는 또 하나의 억눌린 신음이 터지고 있었다.

"크윽!"

부의기였다.

설무백의 비검을 상대로 치열한 격전을 벌이던 그의 한쪽 팔이 칼을 잡은 상태로 바닥에 떨어져서 꿈틀대고 있었다.

이기어술로 날아간 묵린이 비검을 상대하던 그의 팔을 어깨에서부터 뭉텅 잘라 버린 것이다.

　설무백은 그와 동시에 지상으로 하강했다.

　밤하늘을 가르는 유성처럼 무서운 속도로 하강한 그가 그 상태 그대로 주먹을 뻗어서 대지를 강타했다.

　콰과과과광—!

　엄청난 폭음이 산하를 뒤덮었다.

　일시에 전신의 공력을 응집한 그의 주먹이 천치를 뒤집어엎는 가공할 위력을 발휘했다.

　반경 십여 장이 넘는 일대가 완전히 초토화됐다.

몽고의 발호 이틀째 날 (2)

황폐하게 초토화된 공간, 거칠게 뒤집어진 땅거죽이 비산하고, 자욱한 흙먼지 사이로 피와 육편이 휘날리는 붉은 대지에서 수십 개의 빛줄기가 사방으로 퍼져 나갔다.

유성처럼 혹은 벼락처럼 떨어져서 대지를 강타한 설무백의 전신에서 발산되는 빛줄기, 더 없이 단단하게 압축된 강기의 분산, 거대한 폭죽처럼 터져 나가는 무극신화강의 파편이었다.

꽈꽝-!

다시금 벼락이 치고 벽력이 떨어진 것 같았다.

하늘이 아니라 대지에서 비산한 벼락이요, 벽력이었다.

"으악!"

"크아아악!"

초토화된 대지에 또다시 살육의 피바람이 불었다.

죽음의 대지에서 벗어나 있던 자들이 설무백이 터트린 무극신화강의 파편에 뚫리고 베어져서 죽어 나갔다.

"저, 저 괴물 같은 놈……!"

설무백의 일장을 얻어맞고 튕겨지는 바람에 본의 아니게 살육의 현장에서 한 발짝 떨어진 상태인 오행마신 단천양은 아직다 가시지 않은 격통에 가슴을 부여잡은 채 몸서리를 쳤다.

비록 칠흑 같은 밤이고, 이십여 장이나 떨어져 있었으나, 고도로 강화된 안력의 소유자인 그는 선명하게 볼 수 있었다.

의도적인 호신강기의 폭발(爆發)이라는 전대미문의 신위를 발휘하는 설무백의 한쪽 팔뚝에는 그가 이기어술로 펼친 낭아도가 절반으로 부러진 채 여전히 박혀 있었다.

정말 믿을 수 없었다.

이기어술로 펼친 자신의 낭아도가 일개 사람의 팔뚝조차 베어 내지 못했다는 것도, 그리고 역으로 그 무엇으로도 깰 수 없을 거라고 생각했던 자신의 호신강기를 뚫고 들어온 설무백의 장력도 그의 상식으로는 실로 이해 불가였다.

게다가 지금 그의 시선에 들어온 설무백의 모습도 그랬다.

다급해진 마음일까, 아니면 저 정도 상처는 안중에도 없기에 무시하고 그냥 행동하는 것일까?

이유야 어쨌든 간에 낭아도의 서슬이 박힌 설무백의 팔뚝에서 피가 한 방울도 흘러내리지 않고 있다는 사실이 그의 두 눈을 아프도록 시리게 자극하며 가슴을 옥죄고 있었다.

"……."

단천양은 못내 망설였다.

지금이 반격을 가할 적시임을 뼈저리게 인지하면서도 반격할 마음이 들지 않았다.

저놈은 실로 그가 여태껏 한 번도 겪어 보지 못한 괴물이었다.

반면에 산발한 머리와 너덜너덜해진 몸으로 한쪽 팔이 뭉텅 잘려져 나간 어깨를 부여잡은 채 설무백이 일으킨 살육의 현장에서 이를 악물고 버티던 부의기는 분노에 몸부림쳤다.

"놈! 죽인다!"

부의기의 두 눈이 광망으로 번들거렸다.

이제는 하나뿐인 그의 소맷자락이 풍선처럼 부풀어 오르고, 그의 머리카락이 한 올 한 올 뱀처럼 일어나서 하늘로 뻗치는 가운데, 애써 지혈한 듯 보이는 어깨의 붉은 단면에서 스멀스멀 핏물이 흐르고 있었다.

극도의 분노가 이성을 마비시켜서 반쯤 미쳐 버린 모습이었다.

그때 누군가 당장이라도 튀어 나가려는 그의 허리를 잡고 매달렸다.

그의 곁에서 설무백이 폭사시킨 강기의 파도를 버티며 그가 버틸 수 있도록 돕던 공야진붕과 광천문의 이인자이기 이전에 그의 동생인 광천마검 부흠이었다.

"안 됩니다! 물러나야 합니다!"

부의기가 미친 듯이 몸부림쳤다.

"내가, 천하의 부의기가 이런 꼴을 당하고도 물러나라고! 비켜라! 차라리 여기서 저놈과 같이 죽겠다!"

공야진붕과 부흠이 나가떨어졌다.

검게 이글거리는 마기가 구름처럼 일어나서 사정없이 그들을 밀어내 버린 것이다.

공야진붕이 다시 달려들어서 부의기에 매달렸다.

부흠도 동시에 달려들어 부의기의 뒷목에 일격을 가하고, 연이어 마혈과 혼혈을 점했다.

부의기가 불의의 기습에 대응하지 못하고 늘어졌다.

설무백은 그 순간에 두 팔을 펼치고 있었다.

그의 손에 들린 환검 백아가 눈부신 빛을 발하는 가운데, 두둥실 떠오른 양날 창 묵린이 그의 머리 위에서 서서히 회전하기 시작했다.

가없는 기세가 일어나서 주변의 공기가 우렁우렁 울기 시작했다.

와중에도 설무백을 주시하고 있던 공야진붕과 부흠의 낯빛이 창백해졌다.

"어서……!"

부흠이 다급히 부의기를 어깨에 짊어지며 뒤로 빠졌다.

공야진붕이 정신이 번쩍 든 사람처럼 급히 그 뒤를 따르며 소리쳤다.

"광혼백마는 나서라! 놈을 주살해라!"

광혼백마는 문주인 광천패도 부의기 이외에 부문주격인 광천마검 부흠과 군사격인 공야진붕을 포함하는 광천문의 수뇌 십일인을 제외하면 광천문의 핵심이자, 수위를 차지한 백대고 수로, 사실상 부의기의 친위대였다.

공야진붕은 만일의 사태를 대비해서 그들을 장내의 후방에 매복시켜 놓았는데, 앞서 설무백이 장내에 도착해서 감지한 후방의 가공할 마기의 주체가 바로 그들이었다.

그들, 백인의 마두인 광천백마가 광천문의 핵심이자, 부의기의 친위대라는 말에 어울리게 공야진붕의 명령이 떨어지자마자 일제히 날아올라서 설무백을 덮쳤다.

"쳐라!"

사전에 연습이라도 한 것처럼 살기 넘치는 고함이 동시다발적으로 발해지며 무지막지한 살기와 그에 버금가는 극도의 마기가 치솟아서 하늘을 덮었다.

설무백은 아까와 달리 이번에는 기다리지 않았다.

공야진붕의 명령에 반응한 광천백마가 날아오르는 순간과 동시에 반응했다.

번쩍─!

눈부신 빛이 설무백의 전신을 감쌌다.

그의 머리 위에서 서서히 회전하던 묵린이 쏘아지고, 그의 손에서 빛나던 백아가 품고 있던 빛을 터트리며 부챗살 같은 광선을 흩뿌리는 빛의 향연이었다.

사방천지가 빛에 잠겼다.

설무백을 덮치기 위해서 날아오른 광천백마도 다르지 않았다.

후방에 쳐져 있던 자들도 날아오른 기세를 멈추지 못하고 속속들이 빛의 무리 속으로 빨려들었다. 그리고 그 빛의 무리를 온전하게 빠져나오는 자는 아무도 없었다.

광천문의 진영에서 천지가 진동하는 거대한 폭발이 일어났을 때도 그랬지만, 그다음에 일어나서 밤하늘을 밝힌 눈부신 빛의 향연 역시 가장 먼저 발견한 것은 공야무륵이었다.

그가 일행 중 가장 후미에 빠져 있어서 그랬고, 그가 가장 후방에 빠져 있는 이유는 그가 제일 거친 싸움을 벌이고 있었기 때문이다.

최전방에 나선 철각사와 그 뒤를 따르며 혹은 그 주변을 돌며 싸우는 흑영과 백영은 말 그대로 적진을 헤집고 있었다.

달려드는 적을 일일이 다 상대하는 것이 아니라 시시때때로 적들의 공격이 집중되는 시점에 그림처럼 새로운 장소로 자리를 이동해서 살수를 펼치며 적들을 유린하는 싸움이었다.

그에 반해 공야무륵의 싸움은 전혀 달랐다.

그의 싸움은 지극히 단순하고 더 없이 무식했다.

이유야 어쨌든, 그는 적을 고르는 싸움은 하지 않았다.

그는 그저 달려드는 적을 피하지 않고 거칠게 해치우며 전진할 뿐이었다.

그 적이 백이든 천이든 그는 물러서거나 방향을 바꾸는 짓 따위는 하고 싶지 않았다.

그런 싸움이 비겁하다고 생각해서가 아니라, 그저 그의 적성에 맞지 않았기 때문이다.

그래서였다.

후방에 빠져 있음에도 불구하고 전장에서 그가 가장 돋보였다.

쌍도끼를 휘두르며 적진을 뚫고 진격하는 지금의 공야무륵은 그야말로 한 마리 혈귀(血鬼)의 모습이었다.

광망으로 희번덕거리는 두 눈을 제외하면 거북이 등딱지처럼 등에 매고 있는 거대한 대월마저도 적의 핏물로 흠뻑 젖어 시뻘건 혈인으로 변한 그의 모습은 흉신악살도 그런 흉신악살이 없었고, 지옥의 야차도 그런 지옥의 야차가 없었다.

그가 지나간 길을 따라 시체가 산처럼 쌓이고, 핏물이 내가 되어서 흐르는 까닭에 더욱 그렇게 보였다.

일개 병졸들은 강호무림에서도 초고수의 반열에 오른 그의 무위를 감당할 수는 없었다.

점차 그에게 달려드는 적이 줄어들고, 덤비는 적보다 뒷걸음질하는 적들이 늘어가고 있었다.

물론 공야무륵도 무사하지는 않았다.

그가 뒤집어쓴 피에는 그의 상처에서 나온 피도 있었다.

제아무리 하수들의 공격이라도 창날은 창날이고 칼날은 칼날이었다.

매순간 짓쳐드는 수십 개의 창칼과 호시탐탐 그 사이를 노리는 또 다른 수십 개의 비수를 상대하는 것은 절대 쉬운 일이 아니었다.

숫자에는 장사가 없다는 말이 그래서 존재하는 것이다.

하물며 그는 기계가 아니라 사람이었고, 내공에도 한계가 있었다.

그는 서서히 지쳐 가는 중이었으며, 그로 인해 부실해진 호신강기를 뚫고 들어오는 창날의 숫자가 점차 늘어가고 있었다.

거대한 폭발이 일어났던 광천문의 진영에서 눈부신 섬광이 치솟으며 밤하늘을 밝힌 것이 바로 그때였다.

공야무륵은 처음으로 전진을 멈추었다.

앞서 광천문의 진영에서 거대한 폭발이 일어났을 때도 그는 못내 마음이 찜찜했다..

설무백이 약속한 반 식경이 지나도록 돌아오지 않고 있어서 그럴 수밖에 없었다.

설무백은 여태 단 한 번도 약속을 어긴 적이 없는 사람이었다.

그런데 광천문의 진영인 육정산의 기슭에서 다시금 예기치 않은 광망이 일어난 것이다.

이건 정말 변수였다.

그것도 실로 유쾌하지 않은 변수였다.

공야무륵은 거듭 멀찍이 뒤로 물러나며 이내 사라진 광망으로 인해 더욱 어둡게 보이는 육정산을 바라보았다.

갈등이었다.

그때 저 멀리 앞선 전장에서부터 불어온 한줄기 바람이 그의 곁을 스치고 지나갔다.

그 순간에 귀에 익은 목소리가 들렸다.

"내가 갈께!"

요미였다.

혈뇌사야와 함께 몽고군 진영의 후방으로 진입한 요미가 어느새 그의 지근거리까지 다가와 있다가 광천문의 진영인 육정산에서 일어난 예기치 않은 사태에 반응해서 달려간 것이다.

공야무륵은 그제야 도끼를 든 소매로 얼굴에 묻은 핏물을 쓸어서 닦고는 다시금 적진을 향해 태세를 갖추었다.

그럴 리야 없겠지만, 만에 하나라도 설무백이 곤란한 지경에 빠졌다면 그보다는 요미가 더 도움을 줄 수 있는 사람이었다.

"좋아, 다시 시작!"

소매로 얼굴을 닦았으나, 그래도 여전히 그의 얼굴은 핏물에 젖어 있었다.

소매도 핏물에 젖어 있었기 때문인데, 그래도 진한 핏물이 쓸려 내려가서 살기로 번들거리는 그의 눈빛이 한층 더 선명하게 드러냈다.

앞서 그가 뒤로 물러나자 본능처럼 지근거리도 다가오던 적들이 그 눈빛에서 뿜어지는 기세에 눌린 듯 움찔 발길을 멈추고 있었다.

공야무륵은 그런 적들을 훑어보며 누런 이를 드러냈다.

절대적인 살기가 그의 시선을 마주한 적들 모두를 싸늘한 공포에 젖게 만들고 있었다.

그때 저만치 앞서 적진을 헤집고 있던 철각사의 외침이 그의 귓속을 파고들었다.

"저쪽이다!"

공야무륵은 본능적으로 지금 철각사가 무엇을 말하는 것인지 인지하며 시선을 돌렸다.

전장의 우측면, 육정산을 마주한 야복산 방면이었다.

지상에서 솟구친 철각사가 적진의 머리 위를 가로질러서 그쪽에 자리한 비스듬한 언덕을 향해 날아가고 있었다.

"......!"

공야무륵은 바로 알아보았다.

철각사가 향하는 언덕에는 수백의 병사들이 창을 세워서 진형을 짜고, 칼을 뽑아 들어서 겹겹이 방어진을 구축하고 있었다. 그리고 그 진영의 중심에 운집한 일단의 무리는 하나같이 성장 차림의 몽고 장수들이었다.

공야무륵 등의 야습으로 인해 군영의 일각이 무너지며 아수라장으로 변했음에도 불구하고 꼼짝도 하지 않던 몽고군의 수장이, 바로 푸른 이리 칭기즈 칸의 혈통인 아르게이가 거느린 십이용사 중 다섯째 용사라는 버르바타르가 마침내 모습을 드러낸 것이다.

공야무륵은 생각에 앞서 몸이 먼저 반응했다.

벌써 그는 지상을 박차고 날아올라서 대치하고 있던 몽고군의 머리 위를 가로지르고 있었다.

"쏴라!"

야복산을 등지고 자리한 야트막한 능선을 휘감으며 구축되어 있는 몽고군의 군진은 창과 칼로만 이루어진 것이 아니었다.

그 뒤쪽에는 사백여 명의 궁수들이 두 줄로 늘어서 있었다.

그 모든 궁수들이 이번 원정대의 수장인 버르바타르의 오른팔이라는 차강사르의 명령에 따라 일제히 시위를 당겼다가 놓기를 반복했다.

고도의 수련을 거치지 않으면 절대 그럴 수 없을 정도로 빠른 속사!

표적은 오직 하나, 저편 전장에서 비호처럼 솟구쳐서 날아오는 외눈박이 노인, 바로 철각사였다.

궁수들의 화살은 하나같이 검은빛 일색이었다.

그래서 화살의 비는 하늘을 뒤엎었음에도 불구하고 예리한 파공음만 일어날 뿐, 어지간한 사람의 눈으로는 전혀 볼 수가 없었다.

그러나 철각사는 어지간한 사람이 아니었다.

무려 과거 천하제일고수로 인정받던 초고수였다.

사방에 불길이 일어났다고는 하나, 어쩌면 그 때문에, 즉 불빛 너머에 있었기 때문에 더욱 사람의 시야로 보기 어려운 이백여 장 너머에 있는 사람의 정체를 한눈에 알아본 것이다.

그런 사람이 고작 검은 칠로 반사광을 가린 화살을 보지 못한다는 것은 말이 안 됐다.

하지만 철각사는 소나기처럼 쏟아지는 화살의 비를 뻔히 보면서도 어떠한 행동도 취하지 않았다.

고작 그 어떤 내력도 담기지 않은 일개 병사의 화살이 그에게 위협으로 다가올 수는 없었다.

아니나 다를까.

티디디디딕—!

제법 정교하고 정확하게 날아온 무수한 화살들이 철각사의 몸에 닿지도 못한 채 수수깡처럼 부러져 나갔다.

강궁(强弓)이고 강철로 만든 화살이 분명함에도 그의 호신강기를 뚫지 못하는 것이다.

차강사르가 안색을 굳히며 돌아섰다.

그런 그의 마음을 읽은 듯 버르바타르의 곁에 시립해 있던 곰처럼 거대한 체구의 장수, 차강오르가 차강사르의 곁으로 나섰다.

중원의 말로 바꾸면 차강사르는 '하얀 달'이고, 차강오르는 '하얀 산'이었다. 즉, 그들 두 사람은 버르바타르의 수족이자, 최고의 용사들이기 이전에 핏줄이 같은 형제인 것이다.

그들이 분루를 삼키며 말했다.

"다른 누구보다도 우리의 도움이 절실한 광천문의 늙은 너구리가 아직까지 아무런 기별이 없다는 것은 그자 역시 이미 당했다는 뜻입니다."

"분하고 억울하지만 지금은 물러나야 할 때입니다."

"우리 형제가 나서서 최대한 시간을 벌겠습니다. 장군께서는 군대를 돌리십시오."

버르바타르가 고심 끝에 말했다.

"너희 둘 다 내 곁을 떠나면 누가 나를 지킬 것이냐?"

차강사르와 차강오르가 시선을 교환했다.

차강오르가 고개를 저었다.

차강사르가 그런 차강오르의 어깨를 잡았다.

차강오르가 그제야 물러났다.

그는 어쩔 수 없다는 듯 돌아서서 버르바타르를 향해 고개를 숙였다.

"수하가 장군님을 모시겠습니다."

뿌우우우웅—!

거대한 나팔 소리가 전장을 가로질렀다.

그 뒤를 이은 징소리가 밤하늘 높이 퍼져 나갔다.

전군 후퇴를 의미하는 버르바타르의 명령이었다. 적어도 작금의 전장에서 버르바타르의 명령은 절대적이었다.

전장에 나서 있던 모두가 일시에 물러났고, 이내 돌아서서 달리기 시작했다.

빠르게 물러난 자들은 벌써 임시로 지어진 듯 보이는 마구간을 열어서 말들을 내보내며 마상에 오르고 있었다.

사람과 말이 무질서하게 뒤엉켜서 일대혼잡이 벌어졌다.

철각사는 그 시점에 버르바타르가 전장의 조망하고 있던 언덕으로 내려서고 있었다.

수십 개의 창날이 그를 마중했다.

화살을 날리던 수백 명의 궁수들이 창병으로 변한 것인데, 그 뒤에는 투구와 철갑으로 완전무장한 사백여 명의 병사가 칼을 뽑아 든 채 차세를 낮추고 있었다.

버르바타르는 그 뒤에서 말을 탄 채 수뇌부를 구성하는 장수들과 함께 소위 전사의 복장이라는 짐승 가죽옷을 입은 백여 명의 친위대들의 호위를 받으며 자리를 떠나는 중이었다.

철각사는 마주치지 않았다.

쇄도하는 창날을 밟고 뛰어서 창병들을 머리 위를 가로질렀다.

그가 노리는 건 몽고군의 수장인 버르바타르지 일개 창병들이 아닌 것이다.

그런 철각사를 향해 화살이 날아들었다.

쐐액—!

고작 서너 대의 화살이었으나, 앞서 그가 마주한 수백의 화살보다 더 강력한 힘이 느껴지는 화살이었다.

철각사는 직감적으로 그것을 느끼며 검을 휘둘러서 막았다.

채챙—!

거친 금속성이 울리며 화살이 부러져 나갔다.

그 뒤에 다시 서내 대의 화살이 따르고 있었다.

철각사는 날아가는 그대로 재차 검을 휘둘러서 화살을 쳐 냈다.

그 와중에 그는 정확히 인지했다.

화살은 강철로 만들어진 것이었고, 검푸른 화살촉에는 다수의 미늘이 달려 있었다.

전문적으로 호신강기를 뚫기 위해 만들어진 철전(鐵箭)에 독까지 발라져 있는 것이다.

"놈!"

철각사는 그래도 멈추지 않았다.

그저 철전을 날린 자들을 확인하며 검을 날렸다.

바람개비처럼 돌아가며 수평으로 날아간 그의 칼이 철전을 날린 자들의 목을 베고 끊어 버렸다.

서너 개의 목이 허공으로 떠오르고, 붉은 피가 뿌려지는 그 순간, 그의 귀전에 바람 소리가 스쳤다.

어디선가 날아온 적의 기습이었다.

철각사는 빠르게 날아가는 와중임에도 상체를 비틀며 자세를 낮추는 것으로 그 공격을 피해 냈다. 그리고 오랜 수련의 결과로 몸에 배인 동작으로 연이어 반응해서 그 뒤를 따르는 또 하나의 공격도 회피했다.

그다음은 반격이었다.

쐐액-!

철각사는 때마침 돌아온 검을 휘돌려서 반격을 가했다.

광망 어린 검기가 폭사되었다.

푸른 번개가 뻗치는 것으로 보였다.

예기치 못한 반격에 분노해서 두 배의 포악함이 더해진 반격이었다.

까강-!

거친 금속성이 터졌다.

놀랍게도 상대가 철각사의 공격을 막아낸 것이다.

무지막지한 반탄력을 이기지 못하고 주룩 뒤로 밀려 나가긴 했으나, 적은 칼자루를 든 채로 버티고 있었다.

철각사도 반탄력을 받았다.

칼을 쥔 손바닥이 쩌릿하게 느껴지는 반탄력이었다.

적이 예상외로 고수였던 것이다.

본의 아니게 멈춘 철각사는 지상으로 내려앉았다.

지상에서 기다리던 몽고군의 정예들이 삽시간에 그를 에워싸며 공격했다.

철각사는 본능처럼 빠르게 검을 휘둘렀다.

방어를 도외시한 그의 검극이 푸른 번개를 뿌렸다.

콰지직-!

섬뜩한 소음이 터졌다.

쇠가 갈리고, 뼈가 으스러지는 듯한 그 소음 아래 피와 살점이 난무했다.

그를 노리고 달려들던 병사들의 주검이 부챗살 모양으로 널브러지고 있었다.

"물러나라!"

장소성과도 같은 외침과 들려오며 성장을 차려입은 몽고군의 장수 하나가 철각사의 면전으로 내려섰다.

다른 자들보다 머리 하나는 더 큰 장신에 몽고족 특유의 반월형 월도(月刀)를 치켜든 그는 바로 버르바타르의 수족 중 하나인 차강사르였다.

철각사는 비록 상대의 정체를 알 도리는 없었으나, 상대가

고도의 수련을 통해서 상당한 경지에 도달한 고수임을 첫눈에 알아볼 수 있었다.

그러나 그것은 보통의 범주에서 그렇다는 것이지 철각사의 상대로 부족함이 없다는 뜻은 아니었다.

그저 잠시라도 지체될 시간이 짜증스러울 뿐이었다.

"와라!"

철각사는 서둘렀다.

적장인 버르바타르가 어느새 그의 시야에서 멀어지고 있었기 때문이다.

그때 그의 뒤로 누군가 떨어져 내렸다.

철각사는 아무런 반응도 보이지 않았다.

보지 않고도 상대가 공야무륵임을 인지했기 때문이다.

그런 그의 귓가로 공야무륵의 투박한 목소리가 파고들었다.

"여기는 내가 맡죠, 가서 놈을 잡아요."

철각사는 그제야 슬쩍 뒤를 돌아보았다.

한 마리 혈귀로 변해 있는 공야무륵의 모습이 그의 눈을 시리도록 자극했다.

대번에 공야무륵이 적잖은 상처를 입고 있음을 간파한 까닭이다.

그러나 그는 이내 히죽 웃으며 고개를 끄덕이는 것으로 공야무륵의 말을 받아들었다.

횃불처럼 타오르는 공야무륵의 두 눈을 마주하자 도저히 거절할 수가 없었다.

"괜히 놀다가 다치지 마라."

철각사는 그 한마디 남기고 그대로 날아올랐다.

외각을 에워싸고 있던 병사들이 몸을 날리고 창과 칼을 휘둘렀으나, 그에게는 닿지 않았다. 그리고 늦기도 했다.

그들의 창칼이 뻗어질 때, 철각사는 이미 그들의 머리 위를 뛰어넘어 버르바타르가 사라진 어둠 속으로 사라지고 있었다.

차강사르는 애초에 반응하지 않았다.

철각사가 사라진 자리를 대신하고 있는 작달막한 배불뚝이 사내, 공야무륵이 철각사 못지않은 고수임을 첫눈에 알아본 것이다.

"나는 타타르의 용사 차강사르다!"

차강사르는 수중의 칼을 높이 쳐들며 상체를 비스듬히 트는 측위의 자세를 취하며 자신을 소개했다.

앞으로 내밀어진 그의 어깨를 감싼 견갑(肩甲)에는 '용(勇)'자가 수놓아져 있었다.

그가 몽고군 중에서도 몽고의 산하를 통일한 타타르의 용사라는 증표였다.

그러나 공야무륵의 대답은 행동이었다.

"죽고 죽이는 싸움을 앞두고 통성명은 무슨……!"

공야무륵의 나직한 투덜거림이 순식간에 차강사르의 면전으로 흘렀다.

그들의 사이에 존재하던 대여섯 장의 거리가 한순간에 사라지며 공야무륵의 도끼가 어느새 차강사르의 머리 위에 쳐들려 있었다.

"......!"

차강사르가 다급히 수중의 거대한 월도를 쳐들어서 공야무륵의 도끼를 막았다.

쩡—!

거친 금속성이 터지며 불꽃이 튀었다.

와중에 차강사르가 털썩 한무릎을 꿇었다.

감당하기 어려운 엄청난 압력이 그의 월도를 짓누른 결과였다.

"익!"

차강사르가 사력을 다해서 월도를 밀어붙이며 일어났다.

반격을 가하기 위한 몸부림이었으나, 가당치 않았다.

피하는 것이 먼저였다.

그가 일어나는 순간에 또 하나의 도끼가 그의 가슴을 휩쓸었다.

차강사르는 다시금 사력을 다해서 물러나는 것으로 공야무륵이 휘두른 도끼질을 피했다.

물러나는 그의 가슴에서 피가 튀었다.

분명 완벽하게 피했다고 생각했는데, 오판이었다.

도끼의 서슬이 닿기도 전에 먼저 도착한 기세가 그의 갑옷을 가르고 속살까지 베어 버린 것이다.

"크으……!"

차강사르는 신음을 삼키며 연거푸 물러났다.

재차 이어질 공격에 대비한 회피였다.

그 순간에 그는 보았다. 아니, 보지 못했다.

눈앞에서 쇄도해 들던 공야무륵이 사라지고 없었다.

"헉!"

차강사르는 절로 헛바람을 삼키는 그 순간, 공야무륵의 신형이 그의 머리 위에서 나타났다.

그는 이해할 수 없지만, 공야무륵이 대성을 눈앞에 두고 있는 고도의 신법이자 보법인 다라제칠경 무량속보였다.

"이익!"

차강사르는 압도적인 기세에 절로 피가 나도록 입술을 깨물며 수중의 월도를 쳐들었다.

따당―!

거친 금속성이 터지며 불똥이 튀었다.

두 개의 도끼가 연속해서 그가 쳐든 월도를 때리며 일어난 소음과 불똥이었다.

차강사르는 그에 따른 여파를 감당하지 못하고 다시금 한무릎을 꿇었으나, 내심 안도했다.

막을 수 없다고 생각한 공야무륵의 공격을 막아 낸 것이다.

하지만 아쉽게도 그건 그의 오판, 착각이었다.

꽝—!

연이어 무지막지한 기세가 그의 월도를 강타했다.

그 순간에 바닥으로 떨어지는 두 자루 도끼가 그의 시선에 들어왔다.

'도끼를…… 던진 건가?'

사실이 그렇다면 지금 월도를 강타한 것은 무엇일까?

차강사르의 얼굴은 의문으로 일그러졌다가 이내 이마에서 흘러나온 피와 뇌수로 더럽혀졌다.

그는 그것이 피와 뇌수라는 것도 인지하지 못한 채 목숨이 끊어져서 천천히 반으로 갈라지고 있었다.

"……."

공야무륵은 높이 쳐든 월도와 함께 반으로 쪼개져서 쓰러지는 차강사르를 바라보며 씩, 하고 웃으며 수중의 대월, 혈인부를 다시금 거북이 등딱지처럼 등에 짊어졌다.

흡족한 기분이었다.

상대를 일격에 죽여서가 아니었다.

지금 그가 상대를 죽인 수법이 세 단계의 부법으로 나눠진 그의 성명절기인 마라추살부법의 마지막 단계인 벽력일섬(霹靂一閃)이었기 때문이다.

벽력일섬은 양인부와 낭아부로 펼치는 이 단계의 마지막 초식인 뇌화추혼부와 대월인인 혈인부가 조화를 이룬 마라추살부법의 정화로, 그간 그는 무수한 수련을 했음에도 고작 입문

단계에 그치는 수준에 불과했는데, 놀랍게도 오늘 실전에서 성공한 것이다.

실전을 통한 성장이었다.

"자랑해도 되려나?"

문득 설무백을 떠올린 공야무륵의 미소가 한층 짙어졌다.

하지만 그의 싸움은 아직 다 끝난 것이 아니었다.

"죽여라!"

감히 두 사람의 격전에 끼어들지 못하고 지켜보다가 차강사르의 죽음에 놀라서 굳어졌던 몽고의 병사들이 악을 쓰며 마구잡이로 달려들기 시작했다.

공야무륵은 바닥에 꽂힌 두 자루 도끼, 양인부와 낭아부를 발로 걸어 올려서 두 손에 잡았다.

"죽고 싶은 자만 나서라!"

냉혹한 일갈과 동시에 양인부와 낭아부의 서슬이 그의 몸을 타고 돌았다.

워낙 빨리 휘둘러져서 도끼가 절로 그렇게 움직이는 것 같은 모습이었다.

순간, 살기가 치솟으며 폭풍을 일어났다.

달려드는 몽고 병사들의 머리를 부수고, 뼈를 가르며 살육을 벌이는 흉포한 폭풍이었다.

그때 아수라장 속으로 두 줄기 강렬한 파공음이 추가되었다.

앞서 뒤쳐졌던 흑영과 백영의 합류였다.

장내가 삽시간에 한 장의 지옥도로 변해 버렸다.

덤비는 자들보다 물러나는 자들이 늘어나기 시작하면서, 장내의 싸움은 종막을 향해 빠르게 치달렸다.

다만 세상은 과연 천태만상이었다.

그들과 다르게 후퇴하는 버르바타르의 뒤를 따라간 철각사는 새로운 싸움과 마주하고 있었다.

버르바타르가 수하장수들과 친위대의 비호를 받으며 후퇴하는 방향은 육정산을 마주 보는 야복산의 우측 치맛자락을 타고 돌아서 인근의 도시인 건평부로 이어지는 길이었다.

철각사는 당혹스럽게도 그 길로 들어서서 버르바타르를 놓쳐 버렸다. 아니, 정확히는 그가 추적을 포기해 버렸다.

애초에 그쪽이 퇴로인 듯 제야림에서 철수하는 몽고군의 기마대와 병사들이 일제히 그 길로 몰려들고 있긴 했으나, 그건 이유가 아니었다.

전의를 상실하고 도망치는 패잔병들은 그의 존재를 전혀 의식하지 못했고, 설령 의식하고 덤빈다 하더라도 아무런 문제가 되지 않았다.

시체의 산을 만드는 한이 있더라도 그가 뚫고 가려고 마음만 먹는다면 얼마든지 뚫고 갈 수 있었다.

철각사가 추적을 포기한 이유는 오직 하나, 우연찮게도 관심을 가질 수밖에 없는 적과 조우했기 때문이다.

육정산 방면의 소로를 벗어나다가 그와 조우한 적은 나이를 짐작하기 어려운 노인이었고, 전신이 온갖 상처로 피범벅인 몰골이었지만, 그가 추적하던 버르바타르보다도 더 강렬한 기운을 풍기고 있었다.

정확히는 버르바타르와 비교할 수 없을 정도로 강렬했다.

그리고 그 강렬한 기운의 대부분은 그조차 절로 경각심을 가지게 만드는 마기였다.

철각사가 상대의 기도에 반응한 것처럼 상대도 철각사의 기도에 반응했다.

고수는 고수를 알아본다는 식으로, 여기저기서 엎치락뒤치락 후퇴하는 수많은 몽고군 때문에 혼잡한 이곳에서 그가 그렇듯 상대도 그의 범상치 않은 존재감을 느끼며 발길을 멈추었던 것이다.

철각사는 본능적으로 공력을 일으키며 가늘게 좁혀진 눈가로 상대, 갈의노인을 예리하게 훑어보았다.

"마교 나부랭이인가?"

갈의노인이 마찬가지로 곱지 않게 일그러진 시선으로 그의 전신을 훑어보며 대꾸했다.

"그러는 너는 정도 나부랭이냐?"

"그래. 나는 정도 나부랭이다. 그래서 가장 경멸하는 종자가 너 같은 마교 나부랭이지."

철각사는 빙그레 웃는 낯으로 대꾸하며 검을 뽑았다.

검이 광망으로 커지고 길어졌다.

갈의노인이 이채롭다는 듯 입가를 씰룩였다.

"확실히 중원은 넓구나. 길을 가다가 우연히 만난 늙은이가 아무렇지도 않게 궁극에 달한 검기를 드러내고 자빠졌네. 대체 너는 누구냐?"

철각사는 심드렁하게 어깨를 으쓱였다.

"우리가 통성명이나 하고 지낼 사이는 아니지 않나?"

"그렇긴 하지."

갈의노인이 고개를 끄덕이며 바로 수긍하고는 칼을 뽑아 들었다.

안개와도 같은 검은 기류가 일어나서 그의 전신을 감싸고 있었다.

철각사는 가슴이 서늘해지는 것을 느꼈다.

그가 여태 이렇게 놀라는 것은 설무백을 만난 이후 처음이었다.

머리털 난 이후로 무엇인가를 두려워해 본 적도 설무백을 제외하면 한 번도 없었다.

그러나 지금 그는 충분히 놀랐고, 스스로도 믿기지 않지만 두려움까지 느끼고 있었다.

갈의노인이 공력을 일으키자 자연히 함께 부상한 마기는 여태 그가 한 번도 겪어 보지 못한 것이었다.

조금 전 그가 갈의노인에게서 느낀 마기는 새발의 피였다.

갈의노인은 필요에 따라서 자신의 마기를 얼마든지 누를 수 있는 극마지경의 마두인 것이다.

'혈 노인보다 더 하다!'

철각사는 한층 더 경각심을 가지는 한편, 앞서 통성명을 거절한 것을 후회했다.

자신의 느낌이 사실이라면 지금 눈앞에 있는 갈의노인이 혈노인과, 즉 혈가의 가주인 혈뇌사야와 동급의 마왕이라는 뜻이기 때문이다.

'목숨을 걸어야 한다!'

철각사는 내심 각오를 다졌다.

그가 다른 누구보다도 자신에 대한 평가가 정확한 사람이기에 그랬다.

그럴 수밖에 없는 것이, 지금의 그는 천하제일고수로 군림하던 과거의 그가 아니었다.

한쪽 눈과 한쪽 다리가 없었다.

지금의 그는 두 눈을 가졌을 때는 없던 사각이 늘어나 있었고, 한쪽 다리를 대신한 철각은 온전한 다리의 정교한 움직임을 따라갈 수 없어서 운신의 폭이 대폭 줄어든 상태였다.

과거의 천하제일고수는 지금 여기 없었다.

다른 사람이 볼 때는 각박한 평가일 수도 있겠으나, 지금의 자신은 강호백대고수에도 들어가도 감지덕지라는 것이 냉정한 그의 평가인 것이다.

그런데 우습지 않게도 상대, 갈의노인 역시 철각사와 같은 생각을 하고 있었다.

갈의노인의 정체가 바로 오행마가의 주인인 오행마신 단천양이었기 때문에 그랬다.

'젠장, 한시가 촉박한 이 시점에 어디서 이런 놈이 나타나서는……!'

내색을 삼가고 있을 뿐, 단천양의 마음은 조급했고, 불안했다.

설무백에게 일격을 당한 지금의 그는 모든 면에서 정상이 아니었다.

상당한 내상을 입은 데다 설무백이 따라올 수도 있다는 생각에 초초하기 짝이 없었다.

하물며 애꾸눈에 다리병신인 상대, 철각사의 기도가 실로 예사롭지 않았다.

평소 말보다 행동이 앞서는 성격인 그가 구차하게 상대의 정체나 캐물으며 시간을 끈 이유가 거기에 있었다.

아무래도 지금의 상태로는 전력을 다해야 할 것 같은데, 그랬다가는 부의기를 따라간 혹은 부의기와 싸우고 있을 설무백에게 자신의 위치를 노출하는 꼴이었다.

그러나 아무리 사정이 그렇다고 해도 싸움을 피할 수는 없었다.

그가 쉽게 자리를 피할 수 있을 정도로 상대가 만만하지 않았다.

어설프게 도주를 감행했다가는 오히려 치명적일 수 있었다.

'속전속결!'

생각과 동시에 몸이 반응했다.

단천양의 신형이 그 자리에서 희미하게 사라졌다.

어지간한 고수의 눈으로도 확인할 수 없을 정도로 쾌속한 신법이었다.

그 뒤를 신법만큼이나 빠른 칼놀림이 따랐다.

쐐액-!

뒤늦게 칼바람 소리가 일어났다.

어느새 쇄도해 들어간 그의 칼끝이 철각사의 요혈을 노리고 있었다.

그러나 상대 철각사도 이미 대비하고 있던 것 같았다.

그도 이미 날아오르고 있었다.

철각사의 발밑으로 면도날 같은 경기(勁氣)가 스쳤다.

그가 잠시라도 머뭇거렸다면 허리가 잘려져 나갔을 정도로 빠르고 날카로운 칼질이었다.

단천양이 자신의 공격이 무산된 것을 인지함과 동시에 칼끝을 돌렸다.

그의 칼끝이 비상하는 철각사의 뒤를 노렸다.

아무런 사전 동작도 없었으나, 그는 그게 충분히 가능한 고수였다.

다만 철각사도 그리 호락호락한 사람이 아니었다.

상대의 공격을 느끼고 비상한 그는 곧바로 이어질 공격도 이미 예측하고 있었다.

그는 지상을 박차고 날아오르는 그 순간에 뒤로 물러났다.

누가 줄을 매달아서 잡아당기기라도 하듯 쾌속한 움직임이었다.

사실 그가 단천양의 공격을 느낀 순간, 전후좌우 그 어떤 방향도 아닌 허공으로 피한 이유는 그 때문이었다.

철각이 한쪽 다리를 대신하고 있는 그는 지상에서의 움직임보다 공력의 변화로 육체를 제어할 수 있는 허공이 더 편했다.

그리고 과연 그런 철각사의 판단은 옳았다.

지상에서보다 빠르게 움직일 수 있었던 덕분에 곧바로 이어진 단천양의 연환격도 회피할 수 있었던 것이다.

그다음에는 반격이었다.

쐐애액―!

단천양의 칼끝이 허공을 찌르는 그 순간, 철각사는 천근중추공(千斤重錘功)을 시전했다.

일명 군의 천근추(千斤錘)라고 불리는 천근중추공은 진기를 하지로 낮추어서 중심을 잡는 기공이다.

단, 지상이 아니라 허공에서 천근추를 시전하면 일시지간에

천외천의
주인

육체에 높은 하중이 실려서 예측이 불가능할 정도로 빠르게 하강할 수 있다.

지금 철각사가 그랬고, 그 바람에 연환격으로 그의 뒤를 노리던 단천양이 오히려 그에게 뒷등을 내주게 되었다.

철각사는 그 순간에 천근추를 거두며 시선에 들어온 단천양의 뒷등을 향해 검극을 뻗어 냈다.

그야말로 눈 깜짝할 사이에 벌어진 역전의 순간인 것인데, 단천양도 그대로 당하고만 있지는 않았다.

"감히 애송이가……!"

단천양이 연이은 공격이 실패하고 오히려 역습을 당하는 자신의 상황에 분노한 듯 이를 갈며 신형을 돌렸다.

철각사의 검극이 찔러 들고 있다는 사실을 몰라서가 아니었다.

알면서도 그렇게 한 것이었다.

돌아서는 순간과 동시에 단천양의 칼이 내밀어졌고 쇄도하는 철각사의 검극을 막았다.

쩡-!

거친 금속성이 터지며 불꽃이 튀었다.

조각난 검기가 사방으로 비산하며 지근거리를 지나던 몽고군을 사정없이 베거나 꿰뚫어 버렸다.

그들의 너머에 자리한 나무들마저 낫에 베인 갈대처럼 우스스 넘어가고 있었다.

"으악!"

"크아악!"

격돌의 여파로 지상으로 내려앉은 철각사의 눈빛이 크게 흔들렸다.

본의 아니게 벌어진 살육에 당황하기도 했지만, 거기에 앞서 공격을 실패하고 뒷등을 내준 와중에도 어렵지 않게 자신의 검을 막아 낸 단천양의 능력에 놀란 것이었다.

그때 허공에서 '쌔액' 하는 칼바람 소리가 들려왔다.

그와 대조적으로 지상이 아닌 허공으로 튕겨졌던 단천양이 어느새 자세를 바로잡고 그를 향해 날아오며 칼을 휘두르고 있었다.

"그래, 어디 한번 같이 죽어 보자!"

철각사는 피할 수 있었으나, 피하지 않았다.

오기라면 오기였고, 자존심이라면 자존심이었다.

그는 전신을 공력을 끌어 올리며 검을 세웠고, 그대로 하늘에서 떨어져 내리는 단천양을 마주했다.

무한정 뻗어 나가서 하늘을 찌르는 검기와 마찬가지로 대지를 찌르듯 쏟아지는 도기가 격돌했다.

꽈꽝—!

엄청난 폭음이 터졌다.

검기와 도기가 부딪는 소리가 마치 뇌성이 울리듯 혹은 거령신(巨靈神)이 이를 간 듯 장내를 가득 메우며 폭풍을 일으키고 대지를 뒤흔들었다.

뒤집어진 땅거죽이 하늘 높이 치솟고, 흩날리는 흙먼지가 가뜩이나 어두운 밤하늘을 더욱 어둡게 만들어 버렸다.

그리고 억눌린 신음이 그 사이로 흘렀다.

"크으……!"

누가 먼저랄 것도 없이 두 사람, 철각사와 단천양의 입에서 동시에 흘러나온 신음이었다.

움푹 파인 웅덩이 속에서 서너 장을 격하고 대치한 그들의 몰골은 그야말로 말이 아니었다.

두 사람 다 산발한 머리에 일그러진 얼굴로 입가에 핏물을 머금고 있었다.

누구 하나 우의를 점했다고 보기 어려울 정도로 두 사람 다 막대한 피해를 입은 것이다.

다만 먼저 정신을 차린 것은, 정확히는 먼저 움직일 수 있었던 것은 단천양이었다.

아니, 어쩌면 철각사의 오기보다 단천양의 두려움이 더 강했기 때문인지도 몰랐다.

단천양은 다른 무엇보다도 방금 전의 격돌로 인해 자신의 위치가 설무백에게 노출되었을 것이라는 사실이 걱정되었다.

지금 격전을 벌인 철각사보다 눈에 보이지 않는 설무백이 더 무섭고 두려운 것이다.

그 때문에 그는 사력을 다해서 먼저 움직였고, 거의 기다시

피해서 웅덩이를 벗어났다.

　이유 여하를 막론하고 일단은 자리를 피하고 보자는 생각이었다.

　그러나 단천양은 모르고 있었다.

　그가 걱정해야 할 사람은 설무백만이 아니었고, 아닌 그 사람이 그때 장내에 나타났다.

　"흐흐, 그래그래. 어째 이쪽에서 고약한 냄새가 난다 했더니만, 바로 너였구나. 이거 정말 반갑다, 단 가야. 흐흐흐……!"

　단천양은 이건 말이 안 된다는 표정을 지으며 음충맞은 목소리가 들려온 방향으로 고개를 돌렸다. 그리고 의지와 무관하게 어이없다는 눈빛을 드러내며 새파랗게 질려 버렸다.

　그의 시선에 들어온 사람이 다른 누구도 아닌 혈뇌사야였기 때문이다.

　"혈, 혈뇌사야……?"

　마교를 구성하는 세력인 삼전오문구종의 주인인 마왕들은 서로가 서로를 인정하고 존중하면서도 또한 다른 한편으로 서로가 서로를 의심하고 경계하는 사이였다.

　그리고 그것은 마교의 본령(本領)과 관계되어 있었다.

　삼전오문구종의 구심점이자, 마교총단의 중핵을 이루는 일궁, 마황궁을 차지할 수 있는 것은 다른 무엇도 아닌 힘이기 때문이다.

　약육강식(弱肉强食), 적자생존(適者生存)의 철칙이 다른 어느 곳보다도 더 철저하게 지켜지는 곳이 바로 마교이고, 따라서 모두가 동료이면서도 모두가 적일 수 있다는 모순이 공존하는 곳이 또한 마교인 것이다.

그래서였다.

단천양은 때 아닌 혈뇌사야의 출현에 기겁할 수밖에 없었다.

동등한 입장에서는 동료지만, 약자가 되면 적보다 못한 것이 그들의 관계였다.

약세를 보이면 가차 없이 처단되는 것이 바로 그들, 마교의 마왕들이 가진 숙명인 것이다.

하물며 혈뇌사야는 마교를 등지고 돌아선 반도였다.

불행하게도 단천양은 가장 최악의 순간에 가장 만나지 말아야 할 사람을 만나 버린 셈이었다.

"자, 자네가 어떻게 여길……?"

단천양은 그래도 희망의 끈을 놓지 않았다.

어쩌면 이게 정말 전화위복의 기회일지도 모른다고 생각했다.

"아무려나 반갑네. 내 자네 얘기는 얼마 전에 들었네. 천사교주에게 아주 몹쓸 짓을 당했다고? 그래서 가솔들을 데리고 마교를 이탈했고 말이야. 이해하네. 가장 믿고 의지하던 사람이 등에 칼을 꽂았으니 그 아픔이 오죽했겠나. 내 그렇지 않아도 그 얘기를 전해 들은 이후부터 천사교주와는 전통도 주고받지 않고 있다네. 자네를 만나서 실로 사실이 그렇다는 얘기를 들으면 내 정말 그자를……!"

혈뇌사야가 같잖다는 듯이 쳐다보며 말을 잘랐다.

"구차하게 왜 그러냐?"

"……."

단천양은 말문이 막힌 표정으로 얼굴을 붉혔다.

수치와 모멸감이 그의 전신을 떨게 하고 있었다.

혈뇌사야는 그러거나 말거나 그를 외면하며 이제 막 웅덩이를 벗어나고 있는 철각사를 바라보며 물었다.

"괜찮나? 죽을 것 같진 않지?"

철각사가 힘겹게 웅덩이를 벗어나다가 혈뇌사야를 보고는 맥이 풀린 사람처럼 그 자리에 털썩 주저앉으며 대답했다.

"뭐, 그럭저럭 죽을 것 같진 않소."

혈뇌사야와 철각사의 대화를 듣기 무섭게 단천양의 얼굴이 딱딱하게 굳어져 버렸다.

그들의 대화는 그들의 사이가 보통이 아님을 드러내고 있었다.

다음 순간, 단천양의 눈빛이 싸늘하게 변했고, 동시에 내밀어진 그의 손의 칼끝이 혈뇌사야의 등을 노렸다.

휘릭-!

혈뇌사야가 마치 그 순간을 기다린 것처럼 단천양의 칼날을 피하며 돌아섰다. 그리고 언제 뽑아 들었는지 모를 수중의 붉은 칼날로 단천양의 가슴을 깊이 찔렀다.

"컥!"

붉은 칼날은 정확히 단천양의 폐부를 찌른 모양이었다.

대번에 굳어져서 파르르 떠는 단천양의 입에서 붉은 핏물이 꾸역꾸역 흘러나왔다.

그때였다.

"그냥 그대로 죽으면 안 돼. 너무 아깝잖아."

싸늘하면서도 어딘지 모르게 힘겨운 목소리와 함께 단천양의 머리를 움켜쥐는 손이 있었다.

선혈이 낭자한 설무백의 손이었다.

몽고의 발호 사흘째 날 (1)

오행마신 단천양은 지금 자신이 처한 상황을 제대로 인식하지도, 이해하지 못했다.

우선 그의 내외상이 너무 심대해서 평소의 능력을 절반도 사용하지 못하는 바람에 기습에 실패했고, 오히려 역습을 당했으나, 그의 눈에는 그저 혈뇌사야의 반응이 지나치게 빠른 것으로 보였다.

막을 수도, 피할 수도 없었다.

혈뇌사야의 반격이 혈가의 비기인 사망혈사공을 대성한 자만이 구현해 낼 수 있는 혈인(血刃)이라는 것을, 바로 피로 형성된 칼날이라는 것을 뻔히 보면서도 몸이 움직이지 않았다.

심대한 내외상으로 인해 평소와 달리 육체의 반응이 정신을 따라가지 못한 것이다.

그뿐 아니라, 혈인에 폐부를 찔린 다음에도 그랬다.

단천양의 공력인 오행마공(五行魔功)은 한줌의 숨결만 남아 있어도 얼마든지 회생이 가능한 절대마공이었다.

그래서 즉시 물러나야 했고, 그러면 얼마든지 살 수 있는 길이 열려 있었다.

그런데 그는 그럴 수가 없었다.

그게 되지 않았다.

무언가 강대한 기운이 물러나려는 그의 등을 막고 있었다.

그리고 그 순간에 그가 내내 걱정하며 두려워하던 사태가 벌어졌다.

죽어도 듣기 싫은 목소리를 들려왔고, 절로 소름이 돋는 손길이 느껴졌다.

설무백이었다.

"……!"

단천양은 본능적으로 사력을 다해서 설무백의 손길을 빠져나가려고 했으나, 소용없었다.

이를 악물고 전신의 공력을 끌어 올렸음에도 별래무양이었고, 이내 무력감이 찾아왔다.

혈뇌사야의 혈인에 찔린 폐부의 아픔조차 사라졌다.

거대한 늪 속에 빠진 기분이었다.

머릿속은 곤죽이 된 듯 무력함과 허탈함만이 가득해서 아무런 생각을 할 수가 없고, 온몸의 기력 또한 그렇게 한 오라기도 반응하지 않았다.

그런데 어처구니없게도 그런 그의 상태와 무관하게 이내 단전에서부터 용솟음친 내공이 육신을 수직으로 관통하며 머리로, 정확히는 뇌호혈(腦戶穴)로 집결하며 설무백의 손으로 빠르게 빠져나가기 시작했다.

분명 느껴지기는 하지만, 거부할 수도, 막을 수도 없는 현상이었다.

텅 비어져 가는 그의 육신은 절망의 바다에서 허우적거리고, 생명의 빛은 더 없이 빠르게 어둠 속으로 잠식되어 갔다.

백여 년의 수련을 통해서 쌓은 그의 십 갑자의 공력이 찰나의 순간에 사라져 버렸다.

'역시…… 오행마공을 대성하기 전에는…… 나서지 말아야 했다!'

당대 마교를 구성하는 일궁사전오문구종의 세력 중 마도오문의 하나인 오행마가의 주인이자, 마교총단에서 인정한 열여덟 명의 마왕 중 하나인 오행마신 단천양은 가없는 후회와 함께 전신의 공력을 빼앗긴 채 껍데기만 남은 육신으로 변해서 죽어 버렸다.

순간, 죽음과도 같은 정적이 장내를 잠식했다.

설무백은 그 속에서 혼자 움직이며 껍데기만 남은 단천양의 주검을 떨쳐 내고 있었다.

경이롭게도 그 순간 그의 모습은 전혀 딴판으로 변한 상태였다.

처음에 나타났을 때는 분명 탈진한 노인처럼 힘겨운 얼굴에 흐리멍덩한 눈빛이었다.

쩍 벌어져서 검붉은 핏물이 흘러내리는 한쪽 팔뚝의 상처는 고사하고, 막대한 내상을 입었던 것이다.

그런데 지금의 그는 완전히 달라졌다.

팔뚝의 상처가 거짓말처럼 꾸들꾸들하게 아물었고, 기진맥진해 보이던 육체도 활기 넘쳐서 본래의 쌩쌩한 모습으로 돌아가 있었다.

아니, 두 눈에 서린 광채는 본래의 모습 이상이었다.

한순간에 심신의 모든 상처가 치료되어 버린 것이다.

철각사가 곱지 않은 시선으로 그런 그를 바라보며 말했다.

"그런 비겁한 짓을 잘도 하는구려."

흡령력을 두고 말하는 것이 아니었다.

뒤에서 암습을 가한 태도를 말하는 것이었다.

설무백은 바로 그것을 인지하며 무심하게 대꾸했다.

"설마 여태 내가 정도의 협사쯤 된다고 생각했던 건가?"

"……."

철각사가 말문이 막힌 표정으로 설무백을 바라보았다.

설무백은 그런 철각사의 시선을 마주하며 매몰차게 말을 더했다.

"구차하게 이것저것 넘보지 말고 하나만 선택해요. 정도의 협사로 죽을 건지, 어떻게든 살아서 이번 싸움을 승리로 이끌 건지. 둘 다 가지려는 건 욕심이니까."

"......!"

철각사가 한 방 맞은 표정으로 굳어졌다.

설무백은 대수롭지 않게 그런 철각사의 반응과 상관없이 멋쩍은 표정으로 재우쳐 말했다.

"아무려나, 미안하게 됐네요. 내가 약속을 지키지 못하는 바람에 상황이 아주 엉망이 됐죠?"

철각사가 머뭇거렸다.

평생을 정도의 그늘에서 살아온 그의 입장에선 방금 전에 들은 설무백의 충고가 거북한 찌꺼기처럼 뇌리에 남아 있어서 쉽게 다른 생각을 하지 못했다.

혈뇌사야가 그런 철각사의 감정을 간파한 듯 싸늘해진 눈빛으로 일별하며 대신 나섰다.

"뭐 별로 엉망일 것도 없습니다. 그저 무슨 일인가 궁금했는데, 이제야 알겠네요. 부의기 그 영악한 놈이 오행마가와 손잡았던 거군요. 그나저나, 부의기 그놈은 어찌 됐습니까?"

설무백은 무색해진 표정으로 입맛을 다셨다.

"놓쳤어요. 따라가다가......!"

"'놓쳤어'입니다!"

대뜸 말을 자른 혈뇌사야가 자못 기분 나쁘다는 투로 덧붙여 말했다.

"벌써 몇 번을 말씀드립니까. 이 늙은이에게 존대를 하는 것은 이 늙은이와 거리를 두자는 것이고, 수하로도, 종복으로도 인정하지 않는다는 것입니다. 주종지간에 존대가 웬 말입니까. 자꾸 이러시면 노복은 정말 섭섭합니다."

"알았어. 내가 그걸 깜빡했네."

설무백은 멋쩍게 뒷머리를 긁적이며 수긍하고는 다시 말을 이었다.

"아무튼, 중도에 부흠이 막는 바람에 아쉽게도 행적을 놓쳐 버렸어. 그래서 이리로 달려온 거야. 아무래도 복수는 해야겠어서."

"복수요?"

"이거."

혈뇌사야의 반문에, 설무백은 구들구들하게 아물어 버린 팔뚝의 상처를 들어 보였다.

"그럼 부흠은요?"

"먼저 보냈지."

"예? 아……!"

혈뇌사야가 어리둥절해하다가 이내 히죽 웃었다.

설무백의 손가락이 하늘을 가리키고 있었기 때문이다.

광천가의 주인인 광천패도 부의기의 동생인 광천마도 부흠은 설무백의 손에 죽은 것이다.

혈뇌사야가 기분 좋게 웃었다.

"흐흐, 광천가와 오행마가가 주군을 노리다가 쌍으로 작살이 났네요. 게다가 단천양이 저리 객사했으니, 오행마가는 한동안 밖으로 나대지 못할 겁니다. 나대기는커녕 운신조차 어렵겠지요. 힘이 약해지면 적보다 아군을 더 경계하는 것이 마교의 불문율이니까요. 흐흐흐······!"

설무백은 너덜너덜해진 의복을 추스르며 지나가는 말처럼 대꾸했다.

"광천가도 당분간 나대지 못할 거야."

혈뇌사야가 어리둥절해하며 물었다.

"부의기를 놓쳤다면서요?"

"그러긴 했는데······."

말꼬리를 늘인 설무백은 슬쩍 자신의 팔뚝에 난 상처를 일별하며 씩, 하고 웃었다.

"이 대가로 그자의 팔 하나는 접수했거든. 그거 나으려면 제법 시간이 걸릴 걸 아마?"

"오······!"

혈뇌사야가 눈을 크게 뜨고 감탄하며 확인했다.

"정말입니까?"

"뭐 그리 놀라?"

설무백이 눈살을 찌푸리며 되묻자, 혈뇌사야가 침까지 튀겨 가며 열변을 토했다.

"지금 몰라서 그런 소리를 하시는 겁니다. 부의기 그놈 그거 마교 최고의 외문기공 중 하나인 역천마라마벽공(逆天魔羅魔壁功)을 대성해서 이미 금강불괴와 다름없는 몸이라 죽이는 것보다 상처를 입히는 게 더 어렵다고 알려진 놈이라, 마교의 그 누구도 상대를 꺼리는 놈입니다. 그런 놈의 팔을 잘라 버렸으니, 놀랄 수밖에요."

설무백은 떨떠름한 표정으로 입맛을 다시며 대꾸했다.

"그런 소리를 들어도 별로 위로가 안 되네. 죽이고자 했는데, 고작 팔 한쪽이 다야. 그 대가로 내가 단천양, 저자에게 이 꼴로 당한 거고. 아직 멀었어, 나."

혈뇌사야가 황당하다는 표정으로 헛웃음을 흘렸다.

그러다가 이내 기꺼운 표정으로 변해서 말했다.

"주군의 말씀이니 그러려니 합니다만 어디 다른 곳에 가서는 그런 소리 마십시오. 앞에서는 몰라도 뒤에서는 욕할 겁니다."

농담으로 하는 말이었으나, 진심이기도 했다.

마교의 핵심으로 군림하는 두 명의 마왕을 상대로 싸워서 격퇴하고, 그중의 하나는 팔을 잘려서 도망쳤는데, 그걸 두고 아쉬워한다면 정말 욕을 먹을지도 몰랐다.

그러나 혈뇌사야가 진심이듯 설무백 역시 진심이었다.

내색은 삼가고 있으나, 이번에 그는 마교의 저력을 새삼 실감했다.

지금 혈뇌사야는 그가 부의기와 단천양을 상대한 것을 엄청난 일인 것처럼 말했으나, 그의 생각은 전혀 달랐다.

고자 두 명의 마왕을 상대로 죽을 고비를 넘겼다.

이건 정말 그 자신에게 실망스러운 일이 아닐 수 없었다.

얼마든지 상대할 수 있다고 생각한 그의 자신은 자신이 아니라 자만이었고, 오만이었던 것이다.

설무백은 그런 미묘한 자괴감으로 인해 못내 한마디 더했다.

"정말 어지간히도 전력을 낭비하고 있어. 저들이 하나로 뭉쳤다면 중원무림은 정말 진즉 저들의 수중에 들어갔을 거야."

혈뇌사야가 사뭇 예리하게 반론을 폈다.

"그건 중원무림도 같지요. 중원무림의 힘이 하나로 합쳐졌다면 작금처럼 마교가 득세할 수 없었을 겁니다. 마교는 그게 두려워서 그 오랜 세월을 투자해서 강호무림의 분열을 조장했던 거지요."

"그렇군."

설무백은 인정하지 않을 수 없었다.

"이거 완전히 똥 묻은 개가 겨 묻은 개 나무라는 격이네."

"원래 자기 얼굴에 묻은 건 똥이든 겨든 잘 안 보이는 법이지요."

혈뇌사야가 맞장구를 치는 그때, 거친 바람 소리와 함께 장내로 날아오는 인영들이 있었다.

설무백은 바로 그들을 알아보며 반색했다.

공야무륵과 흑영, 백영이었다.

"주군!"

공야무륵이 첫눈에 설무백의 팔뚝에 난 상처를 알아보며 눈이 커졌다.

설무백은 눈총을 주었다.

"호들갑 떨지 마. 나보다 네가 더 끔찍해 보인다."

공야무륵이 머쓱해진 기색으로 선혈이 낭자한 자신의 옷을 툭툭 털며 대답했다.

"아, 이건 별거 아닙니다. 적의 피지, 제 상처는 없습니다."

상처가 아주 없지는 않았다.

하지만 그다지 걱정할 만한 상처는 없어서, 설무백은 그냥 넘어갔다.

"나도 그래."

공야무륵이 멋쩍은 표정으로 물러나다가 이내 고개를 갸웃하며 물었다.

"근데, 요미는……?"

혈뇌사야도 이제야 생각난 듯 안색이 변했다.

"그러고 보니, 아까 아무래도 안 되겠다며 주군에게 간다고……!"

설무백은 짐짓 냉정하게 대답했다.

"내가 당분간 얼굴 내밀지 말라고 그랬어. 그토록 신신당부했는데 멋대로 자리를 이탈하면 어쩌자는 거야? 앞으로 한 번만 더 명령을 어기면 풍잔에서 경계나 서도록 할 테니까 다들 그렇게 알고 있어."

모두의 시선이 그제야 설무백의 그림자로 향했다.

일제히 바라보고는 있으나, 요미의 기척을 느꼈기 때문이 아니었다.

설무백의 말을 듣고 당연히 그럴 것이라고 생각하며 바라보는 것이었다.

그 때문이었다.

혈뇌사야와 철각사, 공야무륵의 눈빛에는 무엇이라 형용하기 어려운 복잡한 감정이 서려 있었다.

특히 좀처럼 자신의 감정을 숨기지 못하는 공야무륵의 경우는 정말 거기에 요미가 있느냐고 물어보려는 눈치였다.

그럴 수밖에 없었다.

이전까지 그들은 상황이나 장소에 무관하게 은신술을 펼친 요미의 기척을 느낄 수 있었다.

그런데 지금은 아니었다.

요미의 은신술은 어느새 매미의 더듬이보다도 더 예민한 그들의 감각을 회피할 수 있을 정도의 경지에 달한 것이다.

그런 그들의 속내를 아는지 모르는지, 설무백은 태연하게 돌아서서 발길을 옮기며 말했다.

"아무튼, 그만 가자. 보아하니 버르바타르를 놓친 것 같은데, 이대로 살려 보낼 거야?"

철각사가 그제야 버르바타르를 놓친 것에 대해 자신의 책임이 크다는 것을 자각하며 말했다.

"그자는 이마……!"

"멀리 가지는 못했을 거야."

설무백은 확신에 찬 어조로 잘라 말했다.

"확실히 매듭짓자고. 그자를 놓쳐 버리면 언제고 또다시 산해관을 넘볼지 모르니까."

설무백의 예측은 어김없는 사실이었다.

제야림에서 후퇴한 버르바타르는 건평부를 외각으로 우회해서 흑수로 가는 길목에 자리한 적석평(赤石平)에 발이 묶여 있었다.

적석평은 풀 한포기 제대로 자라지 않는 황무지였으나, 흑수로 가는 길목에서 가장 넓은 평야지대라 버르바타르가 유사시 집결지로 정한 장소였는데, 난데없이 나타난 정체 모를 수천의 병력이 진을 치고 있었던 것이다.

물론 적의 정체는 바로 밝혀졌다.

하지만 버르바타르의 몽고군은 그래서 더욱 움직일 수 없었다.

후퇴한 병사들이 속속들이 도착해서 벌써 이만에 육박하는 병력이었으나, 적들이 하필이면 일반적인 병사들이 아니라 무림인들이었기 때문이다.

"지휘자가 누군지는 알 수 없습니다만, 지난날 여기 관외에서 암약하던 무림인들로 보입니다."

"관외의 무림인?"

적진을 살피고 돌아온 장수 오르로살의 보고가 끝나기 무섭게 버르버타르가 언성을 높였다.

"어째서 그들이 아직도 남아 있다는 거냐? 이 지역이 이미 오래전에 광천가가 평정했다 하지 않았느냐?"

오르로살이 곤혹스러운 표정으로 진땀을 흘리며 대답했다.

"사실과 다른 것 같습니다. 저들은 여전히 광천가를 비롯한 마교를 부정하며 저항하고 있다는 보고입니다."

차강오르가 이를 갈았다.

"아무래도 광천가가 우리를 속인 모양입니다."

"음."

버르바타르가 침음을 흘리고 나서 물었다.

"우회할 수 있는 길은?"

차강오르가 대답했다.

"지금 척후를 보내서 알아보는 중입니다. 매복에 대비해서 바얀과 훌룬부이르를 보냈습니다."

바얀과 훌룬부이르는 버르바타르가 이끄는 군에서 차강사르와 차강오르 다음 가는 무장들이었다.

그럼에도 불구하고 버르바타르는 미간을 찌푸리고 있었다.

차강오르가 물었다.

"걱정되시는 일이라도……?"

버르바타르가 대답에 앞서 주변 하늘을 둘러보았다.

동녘이 희미하게 밝아오는 새벽이었으나, 아직도 여전히 어두웠다.

"병사들은 얼마나 복귀했나?"

"이제 거의 이만에 육박합니다."

"그 짧은 시간에 절반이나 당했다는 건가?"

"아닙니다. 지금도 속속들이 합류하고 있습니다. 지리에 익숙지 않아서 합류가 늦어지는 것으로 보입니다."

"좋아, 그럼 지금 당장 이곳에 진영을 꾸려라. 퇴로가 뚫려도 지금 이동하는 건 위험하다. 날이 완전히 밝을 때까지 여기서 기다린다."

"옙!"

차강오르가 바로 고개를 숙이며 대답하고는 서둘러 참장들을 데리고 자리를 떠났다.

그리고 이내 다급하게 다시 돌아와서 보고했다.

"바타르, 놈들이, 관외 무림인들이 돌격해 옵니다!"

차강오르의 말 대로였다.

적석평의 저편에 운집해 있던 수천의 병력이 밀려오고 있었다.

이내 그 광경을 목도한 버르바타르가 황당하다는 표정을 지었다.

"저따위로⋯⋯?"

무릇 대규모 병력이 공격을 감행하는 경우에는 나름 정연한 진형을 짜고 일사불란하게 이동하는 것이 기본이었다.

버르바타르가 적석평 저편에 운집해 있는 적들을 목도하고도 그다지 서두르지 않은 이유가 거기에 있었다.

적들은 그저 운집해 있을 뿐, 전투를 위한 그 어떤 진형도 짜고 있지 않았기 때문이다.

그런데 황당하게도 적들은 그대로 돌격해 오고 있었다.

돌격의 북소리도 없고, 가열한 함성도 내지르지 않았다.

그저 한순간 개떼처럼 우르르 달려들고 있는 것이다.

그러나 그럼에도 불구하고 버르바타르는 못내 그 모습이 두렵게 다가왔다.

무림인의 능력에 대해서 모르는 바도 아니고, 실제로 경험도 해 보았지만 이번에 그는 새삼 깨달았다.

무림인들 중에는 실로 그가 상상도 하지 못한 능력의 소유자들이 있었다.

지금 돌격해 오는 적들 중에 그런 능력자들이 섞여 있다면 이번 싸움은 승리를 장담할 수 없었다.

그자들은 수적으로 제아무리 월등한 적을 맞이해도 얼마든지 자신들이 원하는 변수를 만들어 낼 수 있는 능력을 가졌음을 그는 이번에 실감한 것이다.

버르바타르는 어쩌면 이번 싸움이 자신의 마지막 전장이 될 수도 있다는 생각으로 각오를 다지며 명령했다.

"기마대는 선봉에 서고, 병사들은 밀집대형으로 진형을 구축해라! 물러나지 말고 전진하며 적을 맞이해라!"

북소리가 울렸다.

버르바타르가 거느린 병사들은 몽고군에서도 제대로 훈련받은 정예 군사들이었다.

명령에 따라 기민하게 움직인 그들은 북소리에 맞춰서 진형을 갖추었고, 이내 정연하게 전진하며 적을 맞이했다.

그러나 그래 봤자 싸움은 그들이 훈련받은 대로 진행되지 않았다.

몇 천이든 몇 만이든 모든 군사들이 정연하게 전진하고 이동하다가 한순간 마주쳐서 격렬하게 움직이며 창칼과 창칼이, 창칼과 방패가 부딪치고 어우러지는 격전에 돌입하는 것이 그들이 훈련받은 방식의 싸움이었지만, 적은 그렇지 않았다.

그들의 적은 전투를 위한 진영이라는 것이 없었다.

그저 무조건 달려들어서 혹은 날아올라 덮쳐들며 마구잡이로 살육을 벌이는 것이 그들의 적이었다.

그리고 그들의 적에게는 그래도 되는, 그럴 만한 능력이 있었다.

거의 일천에 달하는 기마대가 창을 앞세우고 돌격했으나, 그들의 전과는 마구잡이식으로 쇄도하는 적들의 진영 아닌 진영을 사방으로 흩어놓는 것에 불과했다.

그건 마치 그들, 기마대가 용맹하게 적진으로 뛰어드는 것처럼 보였는데, 결과는 참담했다.

기마대 사이로 침습한 적들의 칼날이 삽시간에 기마대를 쑥대밭으로 만들어 버렸다.

일방적인 도살이었다.

처음 한순간은 마상에서 창을 던지고 칼을 휘두르는 기마대가 위력을 발휘하는 것으로 보였지만, 착각이었다.

기마대의 창칼에 당하는 적들은 거의 없었다.

적들은 기마대가 찌르고 휘두르는 창칼에 아랑곳하지 않고 말의 목을 베거나 다리를 잘랐다.

직접 날아올라서 기수의 목을 베어 버리는 적도 다수였다.

단말마가 전장의 함성에 잠기며 피와 살점이 난무하는 가운데, 기수와 말들이 고꾸라지고 나뒹굴었다.

그리고 그 상황은 마치 바람을 타고 들판을 거스르는 불길처럼 진영을 갖춘 채 기마대의 뒤를 따르던 몽고 병사들에게 삽시간에 옮겨 붙었다.

몽고 병사들은 제대로 대응하지 못했다.

적들은 그물을 짠 것처럼 단단하게 진영을 구축한 채 전진하는 그들의 틈새를 헤집고 들어와서 다시금 일방적인 학살을 자행했다.

눈앞에 있다가 사라져서 측면에 나타나고, 전면으로 쇄도하다가 어느새 머리 위에서 칼을 휘두르는 적들의 위용 앞에서 몽고의 병사들은 제대로 힘을 쓰지 못했다.

전장은 이내 엎어지고, 쓰러지고, 죽고, 죽어 가는 사람이 거대한 혼돈을 이루었다.

그 대부분이 몽고의 병사들이었으나, 그와 같은 격렬한 혼돈 속에서는 지휘하는 군관들도 아무런 도움이 되지 못했다.

그들 역시 그 속에 빠져서 무의미하게 허우적대다가 속절없이 죽어 나가고 있었다.

"바타르!"

후방에서 전장의 상황에 절망한 참장 차강오르가 다급하게 버르바타르 앞으로 나섰다.

"후퇴를……! 어서 피하셔야 합니다!"

버르바타르가 핏발이 곤두선 눈으로 전장을 굽어보며 대답했다.

"여기서 더 어디로 피하란 말이냐. 설마 나보고 모든 군사를 잃은 채 대칸의 얼굴을 마주하란 소리더냐?"

차강오르가 차마 대답하지 못하고 고개를 숙였다.

버르바타르가 피가 나도록 입술을 깨물며 잠시 전장을 바라보다가 이내 다시 말했다.

"징을 울려라!"

차강오르의 눈이 커졌다.

몽고에서 징은 시작과 끝을 알리는 수단이었다.

즉, 지금 징을 울리는 것은 모든 병사들에게 싸움을 끝내고 물러나라는 명령인 것인데, 문제는 지금 버르바타르가 허리에 고정된 칼을 지갑째 빼내고 있다는 사실이었다.

"바타르, 안 됩니다!"

차강오르가 무언가 직감한 듯 외쳤다.

버르바타르가 그에 아랑곳하지 않고 지갑째 빼낸 칼을 한손에 들며 재우쳐 자신의 의지를 드러냈다.

"그리고 교섭해라. 타타르의 용사 버르바타르가 적장에게 단기 접전(單騎接戰)을 신청한다고."

차강오르가 단호한 버르바타르의 명령에 감히 불복하지 못하고 곁에 서 있던 수하 장수, 오르로살에게 눈짓을 보냈다.

오르로살이 재빨리 나서서 버르바타르의 명령을 이행했다.

피와 살점으로 얼룩진 전장에 요란한 징소리가 울리기 시작했다.

순간, 생사를 가르는 혼돈으로 무질서한 전장에 서서히 눈에 보이는 질서가 만들어졌다.

일방적으로 당하고 있던 몽고의 병사들이 하나둘씩 어떻게든 아수라장을 빠져나가려고 몸부림치며 후퇴하는 질서였다.

그런데 묘한 일이었다.

적들이 물러서는 몽고의 병사들을 공격하지 않았다.

덤비면 가차 없는 살수를 펼쳤지만 물러나면 칼을 거두었다.

버르바타르가 그 광경을 발견하며 이채로운 눈빛을 드러낼 때였다.

휘우우웅—!

전장의 저편, 처음에 관외 무림인들이 운집해 있던 장소에서 치솟은 불덩어리 하나가 떠오르더니, 마치 밤하늘을 가르는 유성처럼 전장을 가로질러서 그들에게 날아왔다.

못내 교섭에 나서려던 차강오르가 반사적으로 칼을 뽑아 들며 버르바타르를 등지고 서고, 장내에 있던 서너 명의 장수들과 짐승 가죽옷을 입은 백여 명의 친위대가 앞으로 나섰다.

때를 같이해서 순식간에 전장을 가로지른 불덩어리가 그들의 면전으로 사뿐히 내려섰다.

불덩어리의 정체는 사람이었다.

사람이 어떻게 전신에 불을 붙이고 있는 것인지는 차치하고, 지상으로 내려서기 무섭게 거짓말처럼 불길이 잦아들며 드러난 그 사람은 실로 잘생긴 약관의 청년이었다.

방금 전까지 불길 속에 타오르고 있었음에도 그의 백색의복은 천하의 무가지보인 듯 아무렇지도 않게 멀쩡했다.

그저 희뿌연 연기를 폴폴 날리고 있었는데, 그래서 청년의 모습은 더욱 신비하게 보였다.

장내의 모두가 놀라고 당황하며 경계하는 사이, '쿵' 소리와 함께 지축이 가볍게 울리며 백의청년 곁에 대나무처럼 바싹 마른 사내 하나가 내려섰다.

백의청년의 불길에 가려져서 보이지 않았으나, 뒤를 따라왔던 것이다.

"땅 꺼지겠다, 이놈아!"

백의청년이 장내의 반응에 아랑곳하지 않고 바싹 마른 사내에게 면박을 주었다.

거구의 사내가 민망해진 표정으로 뒷머리를 긁적였다.

"제가 신법은 약해서……."

"쯔쯔……!"

마른 사내에게 한 번 더 눈총을 준 백의청년이 그제야 장내를 둘러보다가 버르바타르에게 시선을 고정하며 히죽 웃었다.

"군사를 물린 건 항복하겠다는 뜻이겠지? 나로서는 아쉽지만, 옳은 선택이다. 내 맘 같아서는 싹 다 뼈를 추리고 싶지만, 항복하거나 도주하는 자는 살려 주라는 누가 있으니 어쩌겠나. 내가 크게 선심 써서 참아 주마."

버르바타르가 수하들을 헤치고 앞으로 나서며 중얼거렸다.

"중원에는 정말 인물이 많구나. 대칸께서 마교의 손을 잡은 이유를 이제야 알겠다."

백의청년이 싸늘하게 변한 눈빛으로 버르바타르를 바라보며 비틀린 미소를 지었다.

"너 아주 죽고 싶어서 용을 쓰는구나. 나 지금 무지 어렵게 참고 있는 건데, 조심하는 게 좋지 않을까 싶다."

버르바타르가 대뜸 칼을 뽑으며 물었다.

"당신이 저들의 수장인가?"

백의청년이 어리둥절해하며 대답했다.

"그렇다면?"

버르바타르가 사뭇 준엄하게 외쳤다.

"나는 타타르의 용사 버르바타르다! 당신에게 단기 접전을 신청한다!"

백의청년이 같잖다는 듯 웃었다.

"빨리 죽고 싶어서 아주 용을 쓰는구나. 그렇게나 원한다면야 나로서도 어쩔 수 없지."

말이 끝나기도 전에 백의청년의 전신이 다시금 한순간 불길에 불타올랐다.

앞서보다 더욱 거세진 불길이었다.

새파랗게 발화하는 그 불길 속에서 그가 웃으며 재우쳐 말했다.

"염라대왕께서 누가 보냈냐고 묻거든 관외의 절대자인 태양신마 복양 아무개가 보냈다고 알려 주거라."

그랬다.

불타는 청년은 바로 태양신마 복양홍일이었다.

그가 관외의 무림인들을 이끌고 버르바타르의 퇴로를 차단하고 있었던 것이다.

버르바타르도 태양신마라는 이름은 들어 본 것 같았다.

사뭇 긴장한 표정으로 변해서 칼자루를 고쳐 잡으면서도 고개를 갸웃하고 있었다.

태양신마가 반노환동했다는 사실을 모르는 까닭에 반신반의

하는 모습이었다.

그사이, 태양신마는 완전한 하나의 불덩어리로 변해서 뚜벅뚜벅 버르바타르를 향해 다가섰다.

그때였다.

그들, 두 사람의 사이로 한줄기 바람이 불어와서 사람으로 변했다.

태양신마가 전신으로 발하는 불길을 받아서 더욱 눈부시게 빛나는 은발의 사내, 바로 설무백이었다.

"죽이지 말라는 내 말 잊었어요?"

사람은 극도로 긴장한 상태로 무언가에 몰입하고 있을 때 느닷없이 누군가 곁에 나타나면 자연히 위협으로 느끼고 물러나거나 혹은 방어기제가 발동해서 반격하게 된다.

설무백이 홀연히 장내에 나타났을 때도 그랬다.

버르바타르의 친위대를 포함한 대부분의 장수들은 감히 나설 생각조차 못하고 주춤 물러나거나 일순 굳어졌지만, 한 사람, 차강오르는 달랐다.

하필이면 설무백이 옆으로 빠져 있던 그의 곁에 나타나서인지도 모른다.

그는 놀라고 당황하는 와중에 반사적으로 반응해서 수중의 칼을 휘둘렀다.

부지불식간에 휘두른 칼질이니 만큼 비록 전력을 다한 것은 아니었으나 더 없이 빠르고 예리한 칼질이었다.

턱ㅡ!

설무백은 아무렇지도 않게 손을 내밀어서 차강오르가 휘두른 칼날을 잡아챘다.

또한 아무렇지도 않게 잡아챈 칼날 아래로 다른 손을 내밀어서 차강오르의 가슴을 쳤다.

아니, 쳤다기보다는 손바닥으로 슬쩍 밀어 버린 것이었는데, 그 결과는 실로 놀라웠다.

펑ㅡ!

팽팽하게 조인 가죽 북이 터져 나가는 소음과 함께 차강오르가 속절없이 피를 토하며 튕겨 나갔다.

"껙!"

피를 토하느라 비명도 아니고 신음도 아닌 소리를 내지르며 튕겨 나가는 그를 그쪽 방향에 서 있던 수하 장수들이 무심결에 손을 내밀어서 도우려다가 우르르 같이 나자빠졌다.

"……!"

본의 아니게 수하 장수들을 깔고 앉은 차강오르가 경악과 불신에 찬 눈빛으로 설무백을 바라보았다.

아니, 차강오르만이 아니라 장내의 모든 몽고군이 같은 반응이었다.

당연한 반응이었다.

차강오르는 버르바타르의 군영에서 형인 차강사르와 더불어 최고로 꼽히는 무장이었다.

대칸 아르게이가 거느린 십이용사 중 하나인 버르바타르의 다음 가는 고수가 어처구니없게도 일격에 나가떨어져서 피를 토하고 있는 것이다.

그러나 정작 그런 엄청난 사태를 일으킨 주인공인 설무백은 대수롭지 않다는 태도였다.

당연했다.

그는 기본적으로 차강오르가 누구고, 버르바타르의 군영에서 어떤 위치를 가지고 있는지 전혀 몰랐으며, 설령 알았다고 해도 별다른 관심을 가질 이유가 없었다.

차강오르의 실력은 그의 눈에 차지 않기 때문이다.

설무백은 나가떨어진 차강오르를 슬쩍 일별하는 것으로 관심을 끊으며 태양신마에게 시선을 고정하고 있었다.

"익!"

차강오르가 그제야 자신의 실태를 인지한 듯 수치로 붉어진 얼굴의 두 눈에 독기를 품으며 발딱 일어나다가 다시금 그대로 굳어졌다.

어쩔 수 없었다.

목에 칼날이 대지면 움직이고 싶어도 움직일 수가 없게 되는 것이다.

정확히 말하면 칼날이 아니라 도끼의 서슬이었다.

차강오르가 일어나려는 순간, 거친 바람과 함께 장내에 세 사람이, 정확히는 두 명의 노인과 한 명의 사내가 홀연히 타나 났는데 그중의 하나, 전신에 피 칠갑을 한 작달막한 배불뚝이 사내가 바로 그의 곁에 떨어져 내려며 수중에 들고 있던 붉은 도끼의 서슬을 그의 목에 댔던 것이다.

바로 혈뇌사야와 철각사 등과 함께 뒤늦게 장내에 도착한 공야무륵이었다.

도끼가 붉은 이유는 피 때문이었다.

도끼의 서슬에 피가 묻고 또 묻어서 진득하게 굳어진 것이 다.

차강오르가 뒤늦게 그것을 인지하며 절로 마른침을 삼키는 참인데, 공야무륵이 물었다.

"죽일까요?"

"아니, 일단 대기."

설무백은 짧게 공야무륵의 질문에 대꾸하고는 다시금 태양 신마와의 대화를 이어 나갔다.

"설마 정말 죽이려던 건 아니죠?"

태양신공을 거두고 본래의 모습으로 돌아온 태양신마가 어색하게 웃으며 대답했다.

"하하, 그야 물론이지. 말이 그렇지 어디 뜻이 그런가. 하하 하······!"

"아닌데?"

누군가 불쑥 끼어들었다.

"아까 보니까 그냥 죽일 것 같던 걸요?"

태양신마의 뒤를 따라서 장내에 나타난 마른 사내, 바로 무몽과 더불어 태양신마의 수족으로 알려진 가림이었다.

지난날 태양신마의 명령에 따라 관외무림을 수습하러 갔었던 그는 어김없이 이행했고, 설무백의 밀명에 따라 이번 일에 나선 태양신마를 보좌하며 관외 무림인들을 통솔하고 있었던 것이다.

태양신마가 대번에 가림의 머리를 쥐어박으며 윽박질렀다.

"방금 듣지 못했어? 말이 그렇지 어디 뜻이 그러냐고 내가 그랬잖아!"

가림이 정말 아프다는 듯 두 손으로 머리를 비비며 찔끔 눈물을 흘리면서도 구시렁거렸다.

"우씨, 항상 말만 그런 게 아니라 뜻도 그러면서……!"

"내가 언제?"

"언제나요!"

"이 자식이, 내가 무슨 언제나 그랬다고……!"

태양신마가 울컥하며 거듭 주먹을 쳐들었다.

가림이 마른 몸매와 어울리는 잽싼 동작으로 뛰어서 설무백의 뒤로 돌아가서 숨었다.

바싹 마르긴 해도 기본적으로 키가 큰 그인지라 당연히 설무백의 아담한 체구에 숨겨질 리는 없었으나, 그는 술래잡기를 하는 아이처럼 고개까지 숙이고 있었다.

"야, 그런 짓이 너랑 어울린다고 생각하냐? 당장에 이리 안 와?"

가림은 가지 않고 더욱 몸을 움츠렸다.

"저, 저놈이 정말……!"

태양신마가 못내 실소하면서도 두 팔을 걷어붙이고 나서다가 이내 설무백의 시선을 의식하고는 머쓱하게 물러나며 변명했다.

"정말 아니오. 정말로 죽일 생각은 없었어."

설무백은 대수롭지 않게 고개를 끄덕이는 수긍하며 말했다.

"노야가 그렇다면 그런 거겠죠. 알았으니까, 어서 하던 일마저 해요. 시작했으니 끝을 봐야죠."

"아, 그렇지."

태양신마가 잠시 깜박했다는 표정으로 대답하며 급히 돌아서서 버르바타르를 마주했다.

버르바타르는 그때까지도 설무백을 주시하고 있었다.

느닷없이 나타나서 차강오르를 일격에 날려 버린 설무백의 신위에 적잖게 압도된 모습이었다.

태양신마가 가볍게 손뼉을 쳐서 그런 버르바타르의 시선을 끌며 히죽 웃었다.

"우리 하던 일마저 해야지?"

설무백을 외면하고 시선을 바로 한 버르바타르가 주변을 둘러보았다.

전장에서 후퇴한 몽고의 군사들이 그들의 주변으로 몰려들었고 또 몰려드는 중이었다.

그들이 후퇴하자 공격하던 적들도, 바로 관외 무림인들도 손을 놓고 어슬렁어슬렁 다가와서 주변을 에워싸고 있었다.

버르바타르는 이내 작심한 표정으로 안색을 굳혔다. 그리고 자못 정중한 태도로 변해서 태양신마를 향해 말했다.

"부탁할 것이 있소."

태양신마가 냉소를 날렸다.

"눈치가 없냐? 나는 네 부탁을 수용할 수 있는 사람이 아니야."

버르바타르가 자신의 실수를 인지한 듯 붉어진 안색으로 고개를 돌려서 설무백에게 시선을 던졌다.

"부탁할 것이 있소."

설무백은 심드렁하게 물었다.

"어떤 부탁?"

버르바타르가 말했다.

"이 단기 접전에서 내가 이기면 내 생사와 무관하게 우리 병사들이 무사히 철수할 수 있도록 해 주시오."

설무백은 웃었다.

비웃음이었다. 그리고 물었다.

"네가 지면 어쩌지?"

버르바타르가 선뜻 대답하지 못하고 머뭇거렸다.

설무백은 대답을 기다리지 않고 피식 웃으며 다시 말했다.

"이렇게 하지. 네가 이기면 네 부탁대로 너희들 모두가 무사히 철수할 수 있도록 해 주겠다. 대신 네가 지면 나는 그 반대로 너희들 모두를 여기 이 땅에 묻어 버리겠다. 네가 이기면 다 살고, 네가 치면 다 죽는 거다. 어때? 공평하지?"

"그, 그건……!"

버르바타르가 크게 당황한 기색으로 두 눈을 크게 떴다.

그러면서도 선뜻 다른 말을 하지 못하고 있었다.

설무백은 싸늘해진 눈빛으로 그런 버르바타르를 쏘아보며 말했다.

"지금 무언가 단단히 착각하고 있는 모양인데, 내가 혈노에게 너를 죽이지 말라고 한 것은 단지 네 입을 통해서 몇 가지 확인할 것이 있어서일 뿐이지, 정말로 너를 살려 두려는 게 아니었어."

"……."

"너는 아니, 너희들은 지금 마교와 손잡고 감히 중원을 집어삼키려 진군해 온 거야. 그에 방해가 되는 것이 있다면 다 죽였겠지. 그런 너희들이 이제 와서 살기를 바라는 건 너무 우습지 않아?"

"……."

"세상에 공짜는 없어. 실패했으면 대가를 치르는 게 이치고, 도리인 거야. 하물며 피는 피로 갚는 것이 너희들 몽고의 전통이잖아. 이제 와서 어린애처럼 징징거리며 떼쓰지 말고 그냥 싸워. 단기 접전을 받아 주는 것도 크게 선심 쓰는 거니까."

버르바타르가 지그시 입술을 깨물며 잠시 뜸을 들이다가 손에 들고 있던 칼끝을 지면으로 돌리고 정중하게 공수했다.

"어린애처럼 떼를 쓴다고 해도 어쩔 수 없소. 부탁을 들어주고 안 들어주고는 전적으로 귀하의 마음이지만, 나는 지금 다시 부탁할 수밖에 없겠소."

그는 공수를 풀고 공야무륵에게 제압당해 있는 차강오르와 자신의 뒤에 시립한 장수들을 둘러보며 말을 이었다.

"나와 장수들은 어찌 되었건 목숨을 내놓겠지만, 나머지 병사들은 결과에 상관없이 살려 주길 바라오. 부탁하오."

설무백은 냉정한 태도로 팔짱을 끼며 긍정도, 부정도 아닌 답변을 건넸다.

"모든 건 승자의 뜻대로다!"

버르바타르가 더는 조르지 않고 쓴웃음을 지으며 돌아서서 태양신마를 마주했다.

태양신마가 살기 어린 미소를 떠올렸다.

"우물에 가서 숭늉을 찾을 놈일세. 가당치 않게 나를, 이 태양신마를 앞에 두고 승리를 꿈꾸다니. 이 자리에 누구만 없었으면 넌 벌써 죽었다."

버르바타르가 더 이상의 말은 필요 없다는 듯 묵묵히 칼을 세웠다.

그리고 그대로 돌진했다.

시작은 직선이었으나, 이내 좌측과 우측을 오가며 쇄도하는 보법이었다.

일정하게 좌우로 움직이는 것으로 보이나, 실로 빨라서 쉽게 종잡을 수 없을 정도로 현란한 쇄도였다.

"……!"

태양신마도 의외라는 표정이었다.

하지만 그게 다였다.

그는 즉시 한걸음 내딛는 것으로 먼저 쇄도한 버르바타르가 이동한 거리만큼을 마중해 나갔고, 그 순간 그의 두 손이 새파랗게 불꽃으로 타올랐다.

때를 같이해서 태양신마를 마주한 버르바타르가 칼을 휘둘렀다.

눈부신 칼날이 길게 늘어지는 것 같은 환상을 연출하며 날카로운 경기를 일으켰다.

태양신마를 중심으로 한 방원 삼 장여의 공간을 싸늘한 경기가 물샐틈없이 휘감고 있었다.

태양신마의 두 손이 휘날리는 그 경기 속에서 물고기처럼 자유롭게 움직였다.

그의 한 손이 칼날 아래로 파고들었다.

칼의 손잡이를 잡고 있는 버르바타르의 손목이 그 손에 잡혔다.

그의 다른 한손이 다시 그 밑을 뱀처럼 유영하며 거슬러서 버르바타르의 가슴에 달라붙었다.

버르바타르는 피하지도, 반격하지도 못했다.

무공의 고하를 차치하고, 속도 면에서 그들, 두 사람은 차원이 다른 공간에 있었던 것이다.

버르바타르의 꿈과 희망이 그것으로 소멸되었다.

펑—!

태양신마의 손바닥이 달라붙은 버르바타르의 가슴에서 단단하게 조여진 가죽 북이 터져 나가는 듯한 폭음이 작렬했다.

"크으으……!"

버르바타르가 수중의 칼을 놓치고, 아니 사실은 태양신마의 손에 빼앗기고 검게 그을린 가슴을 부여잡은 채 뒤로 주룩 밀려나다가 털썩 한무릎을 꿇으며 피를 토했다.

붉기는 하지만 투명해서 이슬처럼 선명한 선홍빛 핏물이었다.

바로 진원지기를 담고 있는 핏물, 한 방울 한 방울이 거의 일 년의 공력과 다름없는 기혈을 토한 것이다.

태양신마가 그런 그를 향해 빼앗은 장도를 던졌다.

서너 바퀴 팽그르르 회전하며 날아간 장검이 피를 토하느라 고개 숙인 버르바타르의 면전에 꽂히며 바르르 떨었다.

버르바타르가 그에 반응해서 힘겹게 고개를 들었다.

태양신마는 그를 쳐다보지도 않고 딴청을 부리고 있었다.

대신 팔짱을 끼고 우두커니 서 있던 설무백이 말했다.

"하나만 약속하면 너를 포함한 모두 다 무사히 돌려보내주겠다."

태양신마가 흠칫 놀라며 설무백을 바라보았다.

설무백이 무심해서 더욱 냉정해 보이는 눈빛으로 그런 그의 시선을 마주하며 말했다.

"너희들의 대칸이라는 아르게이에게 가서 이렇게 전해라. 마교와 손을 끊어라. 그렇다면 앞으로 그 어떤 전장에서도 나와 마주칠 일이 없을 테지만, 그렇지 않다면 조만간 나를 보게 될 거다."

몽고의 발호 사흘째 날 (2)

"대칸에게 그 말만 전해 주면 되는 거요?"

"그렇다."

"……대칸은 받아들이지 않을 거요. 대신 내 목을 칠 것이오."

"조금 전 네가 내게 했던 말을 그대로 돌려주지. 이건 경고다. 경고를 수용하고 수용하지 않고는 전적으로 아르게이의 마음이지만, 나는 지금 경고할 수밖에 없다. 진심이니까."

버르바타르는 거칠고 투박한 외모가 무색하게 영민한 사람이었다.

그는 더 이상의 다른 충고나 부연을 듣지 않고도 설무백의 말과 의지를 충분히 이해한 듯 묵묵히 돌아서서 병력을 추스르고 적석평을 떠나갔다.

올 때는 사만의 군세였으나, 돌아가는 그의 병력은 고작 일만이 조금 넘었다.

말 그대로 전멸을 겨우 면한 수준이었다.

하지만 그마저도 탐탁하지 않게 생각하는 사람들이 있었다.

혈뇌사야와 태양신마가 그랬다.

"아르게이는 주군의 말을 절대 수용하지 않을 겁니다. 노복이 아는 그 아이는 빼앗지 못하면 부숴 버리기라도 해야 직성이 풀리는 봉시장사(封豕長蛇)의 전범이니까요."

"내 생각도 같네. 하찮은 병졸들이야 그렇다 쳐도, 적장과 예하의 장수들이라도 참수하는 것이 합당하다고 생각해. 이런 관용은 절대 옳지 않아."

중원의 대표적인 지리 역사서인 산해경(山海經)에 따르면 봉시(封豕)는 달리 봉희(封豨)라고도 불리는 큰 멧돼지로 상림(桑林)이라는 지역에 살았는데, 이빨이 길고 발톱이 예리하며 힘은 소보다 센 흉측한 짐승이라고 한다.

또한 장사(長蛇)는 달리 수사(修蛇)라고도 불리는 큰 뱀으로 동정호(洞庭湖)에 살며, 길이가 백 자나 되고, 등에는 가시 같은 털이 돋았으며, 흉물스럽게도 목탁을 두들기는 것 같은 울음소리를 내서 먹잇감을 유혹하는 요수라고 한다.

즉, 그 두 괴수는 음식을 탐내어 먹고, 거칠고 사나우며 음험하기 짝이 없어서 혹자들이 지극히 욕심 많고 잔인한 사람을 비유하는 말이었다.

그러나 설무백은 그처럼 혈뇌사야와 태양신마의 우려 가득한 항변을 듣고도 미소를 지었다.

"관용을 베푼 것이 아니야. 그저 나를 알리려는 거지."

혈뇌사야와 태양신마가 안색이 변했다.

공야무륵과 철각사 등도 이채로운 눈빛으로 설무백을 바라보았다.

설무백은 그들의 눈빛에 호응해서 부연했다.

"일전에 내가 제갈명에게 태양신마 노야를 관외로 보내라는 전서를 보냈을 때, 제갈명이 알았다는 답장을 보내면서 그러더군. 이제 정말 싸우기로 작정한 거라면 내친김에 적에게 공포의 대상이 되라고. 그러면 앞으로의 싸움이 쉬워질 거라고."

철각사가 중얼거렸다.

"이제야말로 전면에 나서겠다는 거구려."

"그렇다면야……."

혈뇌사야가 수긍했다.

"나쁠 것도 없군요."

태양신마가 그래도 변하지 않은 안색으로 입맛이 쓰다는 듯 쩝쩝거리며 투덜댔다.

"나는 그 말을 들으니 더 아쉽군. 쟤들을 깡그리 죽여서 여기에 파묻어 버렸으면 그야말로 멋진 공포의 대상이 되었을 텐데 말이야."

설무백은 곱지 않은 눈빛으로 태양신마를 바라보았다.

"나는 공포의 대상이 되고 싶은 것이지 공포의 살인마가 되려는 것이 아닙니다."

태양신마가 어깨를 으쓱했다.

"그게 다른가?"

"당연히 다르죠."

"어떻게 다른데?"

설무백은 자못 힘주어 대답했다.

"대의와 명분에 따라 움직이며 필요에 의해 살생을 하는 것과 대의나 명분 따위는 개나 줘 버리고 필요가 없어도 살생을 자행하는 것의 차이죠. 생사가 나뉘는 전장에서도 불필요한 살생을 자행하는 것은 죄가 되는 겁니다."

태양신마가 잠시 눈동자를 치켜든 눈을 멀뚱거리며 뜸을 들이다가 새삼 어깨를 으쓱했다.

"맞는 것 같기도 하고, 틀린 것 같기도 한데, 설득력은 있네. 아무런 이유도 없이 마구잡이로 사람을 죽이는 건 나도 내키지 않는 일이니까. 아무려나……."

그는 활짝 웃는 낯으로 손바닥을 비비는 것으로 분위기를 쇄신하며 주변을 둘러보았다.

"애들 인사는 좀 받아야지? 자기들 살기도 바쁜데 불철주야 달려와서 힘을 보태 준 애들인데, 이대로 그냥 보내면 너무 섭섭하잖나."

버르바타르의 몽고군이 떠났음에도 지금 장내에는 여전히

수천에 달하는 사람들이 운집해 있었다.

그동안 태양신마의 명령을 받은 가림이 그야말로 발에 땀이 나도록 뛰어다니며 끌어모은 관외의 무림인들이었다.

"이 녀석들은 이미 알 테니 빼고⋯⋯!"

태양신마의 시선이 기다렸다는 듯 나서서 설무백을 향해 고개를 숙이며 공수하는 두 사내를 그냥 지나갔다.

지난날 가림과 함께 떠났던 두 사내, 청록과 백록이었다.

"이 녀석은 처음 보지?"

청록과 백록의 곁에는 관외지방 특유의 적색과 흑색, 청색이 버무려진 의복으로 통일한 백여 명에 사내들이 시립해 있었다.

장내에 집결한 관외의 무림인들 중에서 유독 강맹한 기세를 풍기는 사내들이었다.

태양신마의 시선이 닿은 것이 바로 그들의 선두에 나서 있는 건장한 체구의 사내였다.

"독자위라는 녀석인데, 우리 일륜회의 정예들인 비사대의 대주일세. 가림이나 무몽과 달리 제법 믿을 만하게 건장한 녀석이라 내가 자리를 비우면서 애들을 맡겨 두고 왔었지."

소개를 받은 건장한 체구의 사내, 독자위가 앞으로 한걸음 나서며 설무백에게 공수했다.

"독자위입니다."

설무백은 가벼운 공수로 답례하며 본의 아니게 피식 웃었다.

독자위의 용모가 매우 특이했다.

넓은 이마와 가지런한 눈썹, 반달 같은 눈에 맑은 눈동자, 쭉 뻗은 콧날 아래 여인네의 그것처럼 붉은 입술이 있고, 알맞게 굴곡진 턱의 윤곽이 보기 좋은 미남자였다.

그런데 아쉽게도 머리카락이 하나도 없었다.

주변이 환해 보일 정도로 잡티 하나 없이 뒷덜미까지 둥글게 연결된 완벽한 대머리였다.

불량스럽게 보이려고 일부러 면도날로 밀어도 이렇듯 잡 털 하나 없이 깨끗할 수는 없을 것 같은데, 그 때문에 나이조차 제대로 가늠하기 어려웠다.

물론 설무백은 이미 독자위의 나이를 알고 있었다.

독자위는 삼십 대 초반이었다.

또한 태양신마의 유일한 제자였다.

설무백은 슬쩍 손을 들어 보이며 사과했다.

"미안, 생전 처음 보는 머리라서."

대머리 사내 독자위가 사람 좋게 웃으며 맨손으로 머리를 쓸었다.

"아니요. 웃어도 됩니다. 저도 가끔 동경을 보면 웃기니까요. 속도 쓰리고요. 하늘도 무심하시지, 이 잘생긴 얼굴에 이따위 대머리가 말이 안 되잖아요."

태양신마가 의외라는 듯 물었다.

"머리 얘기만 나오면 앞뒤 안 가리고 발끈하던 녀석이 오늘은 어쩐 일로 그리 순둥이냐?"

독자위가 눈을 흘겼다.

"그것도 사람 봐 가면서 해야죠. 저 그렇게 멍청한 녀석 아닙니다."

"사람 봐 가면서……?"

태양신마가 자못 도끼눈을 뜨며 독자위를 노려보았다.

"너 나한테도 그러잖아?"

독자위가 대수롭지 않게 대꾸했다.

"사부님한테 맞는 건 견딜 만한데, 어째 저분에게 맞으면 견딜 수 없을 것 같아서요."

"꼴에 사람은 제대로 보네."

태양신마가 실소하며 재우쳐 말했다.

"그보다 저분 아니다. 앞으로 주인으로 모셔라. 내게 주인이면 네게도 주인 아니더냐."

독자위가 이채롭게 빛나는 눈으로 태양신마와 설무백을 번갈아 보며 말했다.

"가림에게 얘기를 듣기는 했습니다만, 정말 그렇게 된 겁니까?"

"그렇게 됐다."

"어쩌다가요?"

"그냥 어쩌다가."

"그러니까 그냥 어떻게 어쩌다가요?"

태양신마가 집요한 독자위의 태도에 절로 눈총을 쏘았다.

"말이 많다, 말이. 그냥 어쩌다가 그렇게 됐으니까, 그냥 그렇게 됐다면 그런 줄 알아!"

독자위가 자못 가늘게 좁힌 눈가로 잠시 태양신마를 주시하다가 피식 웃으며 불쑥 물었다.

"내기에서 졌죠?"

태양신마가 대답 대신 새삼 사납게 도끼눈을 떴다.

독자위가 그의 시선을 피하며 잽싸게 딴청을 부렸다.

"큼!"

태양신마가 헛기침을 하고는 다시 소개를 이어 나갔다.

"그리고 쟤들은 관외에서 제법 명성을 떨치는 십교천의 두령들이네."

산해관 너머인 관외는 대대로 마적들이 득시글거리는 소굴로 악명이 자자한 지역이었다.

십교천은 바로 그곳, 관외를 주름잡는 열 개의 마적단이 서로 간에 분쟁을 없애고 구역을 나누기 위해서 결의를 맺은 일종의 마적단 연합이었다.

그리고 그것을 주도한 것이 바로 일륜회의 태양신마와 지금은 작고하고 없지만 옥륜궁의 빙백신군이었다.

과거 태양신마와 빙백신군은 시도 때도 없이 구역 다툼을 벌이는 그들, 열 개의 마적단이 눈에 거슬리자, 직접 나서서 평정한 다음, 그들에게 각기 구역을 나누어 주고, 십교천이라는 연합을 구성해 줌으로써 분쟁의 씨앗을 제거했는데, 그 이후부터 그들, 십교천은 태양신마와 빙백신군을 일종의 태상처럼 대우하고 있었다.

그러나 태상처럼 대우한다는 것이지 진짜 태상은 아니었다.

태양신마의 소개에 따라 앞으로 나선 십교천의 주인들 중 하나가 그와 같은 현실을 드러냈다.

"복양 어른께는 실로 죄송한 말씀이나, 우리는 이번 일이 복양 어른의 뜻이 아니라 저 젊은 공자의 지시였다면 나서지 않았을 것이오. 하니, 따로 인사를 나눌 필요까지는 없을 것 같소이다."

육십 대 후반 정도일까?

장대한 체구에 허름한 마의를 포대처럼 헐렁하게 걸쳤는데, 거무튀튀한 낯빛, 가늘게 찢어진 두 눈 아래 뾰족한 콧날과 그 아래에는 그보다 더 뾰족한 느낌이 드는 얇은 입술을 가진 인물이었다.

이런 류의 사람치고 치밀하지 않는 사람은 거의 없다.

마적보다는 유생에 어울리는 외관이라, 얼핏 봐도 매사에 섬세하게 주판알을 튕기는 사람의 전범으로 보였다.

그러나 설무백이 생각하는 작금의 시기는 미주알고주알 일일이 다 사정을 설명을 해 가며 사람들을 부리거나 끌어들일 상황이 아니었다.

"말이야 틀린 말은 아닌 것 같은데, 그런 거 저런 거 다 따져가며 싸우기에는 세상이 너무 험악해져서 말이야."

설무백은 말을 끝내기 무섭게 날카로운 인상인 상대, 마의 노인을 향해 슬쩍 손을 내밀었다.

강맹한 기운이 일어났다.

"헉!"

마의노인이 화들짝 놀라서 물러나며 반사적으로 쌍수를 내밀었다.

하지만 소용없었다.

펑-!

거친 폭음이 터지며 마의노인의 신형이 가랑잎처럼 날아가서 바닥에 나뒹굴었다.

본능적인 동작으로 일어난 그가 곧바로 오만상을 찡그리며 다시 주저앉았다.

내상을 입은 것은 아니나 바로 움직일 수 있을 정도로 가벼운 타격도 아니었던 것이다.

공야무륵이 휘적휘적 그런 마의노인의 곁으로 가서 느긋하게 뽑아 든 도끼를 쳐들며 설무백을 바라보았다.

"죽일까요?"

설무백은 손을 내저었다.

"그냥 둬. 틀린 말을 한 것도 아닌데, 건방지다고 죽이는 건 너무 심하잖아."

"……."

공야무륵이 잠시 그대로 서서 아쉽다는 눈빛을 드러내다가 이내 주저앉아 있는 마의노인의 옆구리를 걷어찼다.

"컥!"

마의노인이 저만치 날아가서 바닥을 굴렀다.

이번에 그는 앞서처럼 바로 일어나지 못한 채 엎드려 있었다. 혼절해 버린 것이다.

"약해 빠져서는……."

공야무륵이 혼잣말로 투덜거리며 물러나서 설무백을 향해 머쓱하게 웃으며 변명했다.

"건방진 것도 좋은 건 아니잖아요. 이 정도는 해 줘야 앞으로 건방지지 않죠. 이런 작자는 제가 잘 압니다. 아프지 않으면 깨닫는 것도 없어요."

설무백은 그저 웃어넘기고는 나머지 십교천의 주인들에게 시선을 돌리며 아무렇지도 않게 물었다.

"누구 또 하고 싶은 말 있는 사람?"

남은 십교천의 주인들이 앞다퉈 나서서 더 없이 공손하게 포권의 예를 취하기 시작했다.

그럴 수밖에 없는 것이, 먼저 나서서 입바른 소리를 했다가 한 방에 나가떨어진 마의노인은 귀안노귀(鬼眼老鬼) 척흠(陟歆)이었고, 십교천의 주인들 중에서 강한 무공의 소유자임과 동시에 가장 강하다고 평가받는 마적단인 자색단(紫色團)의 두목이었다.

그렇듯 가볍지만 무시할 수 없는 실랑이 끝에 모두의 인사가 끝나자, 태양신마가 넌지시 물었다.

"이제 집안 청소인가요?"

설무백은 당연하다는 태도를 취했다.

"수신제가치국평천하(修身齊家治國平天下)이니까."

소위 관외라고 불리는 산해관 밖인 적석평에서처럼 대규모의 인원이 동원된 싸움은 다른 곳에서도 벌어졌다.

섬서성 북부의 관문인 유림관 너머의 장사평(場祉平)이 바로 그곳이었다.

규모를 따지면 적성평보다 더 많은 인원이 동원된 싸움이었다.

그러나 장사평에서 벌어진 이 전쟁은 적석평에서 벌어진 싸움과 전혀 다른 양상이었다.

양측 모두 몇 천의 기마대와 기마대가 나서서 격돌하고, 상호간에 제대로 훈련받은 정예 병력이라는 점에서 이른바 전쟁이라고 말할 수 있었다.

우르르르-!

쾅쾅!

파도처럼 밀려가고 밀려오는 몇 천의 기마대들이 어그러진 치차처럼 불규칙하게 맞물리며 격돌하고, 그 뒤를 따라서 정연하게 전진한 양측의 군사들이 격렬하게 뒤엉키며 무자비한 격전에 돌입했다.

거대한 두 개의 해일이 부딪친 것과 같았다.

부서지고 깨져서 난잡하게 일그러진 파도가 범람하는 것처럼 정연하던 질서가 오간데 없이 사라지기 시작하면서 크고 작은 수백, 수천 개의 소용돌이가 만들어졌다.

치열한 살기 속에 창칼이 어우러지고 생사가 갈리며 피와 살점이 난무하는 살육의 현장, 아비규환의 소용돌이였다.

본디 대규모의 병력과 병력이 맞붙는 싸움이 벌어지면 적아를 구분할 것도 없이 모든 병사들은 저마다 이기기 위해서 싸우는 것이 아니라 각자의 생명을 지키기 위해서 싸우는 법이다.

이런저런 병법을 동원하며 어떻게 공략해야 적을 섬멸할 수 있느냐를 따지는 것은 전적으로 장수들의 몫이다.

전장에 나선 병사는 적을 죽이는 것에 앞서 자신의 목숨을 지키는 것만으로도 충분히 버겁다.

따라서 전장의 승패는 어느 쪽의 병사가 더 많이 살아남느냐는 것으로 판가름 나기 마련이다.

그런 면에서 볼 때, 이번 싸움은 먼저 공격을 감행한 몽고군보다 적극적인 방어를 위해서 우림관의 문을 열고 나섰던 황군 병사들의 생존력이 더 강했던 것 같았다.

격전으로 일어난 살육의 소용돌이가 하나둘씩 몽고군의 진영 쪽으로 빠르게 기울고 있었다.

몽고군의 수장이 그와 같은 전장의 판세를 빠르게 읽고 징을

쳤다.

　후퇴의 징이었다.

　전장에 나선 몽고군이 후퇴하기 시작했고, 황군이 기세를 드높이며 그 뒤를 따라갔다.

　황군의 진영에서 그 순간에 후퇴의 징을 쳤다.

　적진에 어떤 위험이 도사리고 있을지 몰랐다.

　아니, 전장의 후방에 매복을 심는 것은 전쟁에 나선 장수의 기본이었다.

　방어를 위한 싸움에서 괜한 진격으로 피해를 보기보다는 이번 싸움을 승리로 만족하는 것이 나았다.

　전장에서 지휘관의 명령은 절대적인 것이다.

　적진으로 딸려 들어가던 황군의 병사들이 빠르게 물러났다.

　창칼을 두드리며 내지른 우렁찬 함성으로 승리를 자축하면서였다.

　황제에게 부절(斧節 : 군을 출정시킬 때 지휘권의 상징으로 주는 도끼)을 받고 대장군에 임명된 위국공의 명령에 따라 유림관의 주장으로 부임한 위장군(衛將軍) 주선보(朱宣寶)는 그렇게 유림관을 넘보는 몽고군과의 첫 번째 싸움에서 승리했다.

　그런데 그다음부터가 문제였다.

　유림관이 멀리 보이는 장사평의 끝자락에 주둔한 몽고군은 그 이후부터 더 이상 병력을 동원하지 않았다.

　대신 하루가 멀다 하고 아침, 점심, 저녁으로 또는 그사이에도 유림관의 앞마당으로 장수를 내보내 단기 접전을 신청했다.

하르가르, 중원의 말로 '검은 손'이라는 이름의 장수였다.

주선보는 괜한 도발에 넘어갈 필요 없다고 생각해서 처음에는 무시했다.

그저 성각과 성루와 궁수들에게 명령해서 화살을 날렸다.

그러나 유림관의 면전으로 나선 적의 무장, 하르가르는 수백의 화살 속에서 아무렇지도 않게 버텼다.

그리고 그런 하르가르의 뒤쪽, 몽고군의 깃발을 들고 나선 십여 명의 병사들은 엉덩이를 까고 두드리며 그들을 조롱했다.

주선보는 어쩔 수 없이 적장의 단기 접전을 받아들였다.

아군의 사기를 위해서도 더는 회피할 수 없었다.

그게 실수, 뼈아픈 패착이었다.

주선보의 명령을 받고 호기롭게 단기 접전에 나선 무장이 허무하게도 하르가르의 단칼에 목이 떨어졌다.

그뿐이 아니었다.

분노한 그가 급히 내보낸 무장도 그렇게 속절없이 당했고, 다시 내보낸 장수도 그처럼 허무하게 쓰러졌으며, 심사숙고 끝에 작심하고 내보낸 무장은 더욱 참담하게 당해 버렸다.

적장, 하르가르가 휘두른 채찍에 목이 감기는 바람에 마상에서 떨어진 아군의 무장은 낄낄대며 비웃는 적장이 말을 모는 대로 이리저리 질질 끌려다니다가 숨을 거두었다.

아군의 사기가 땅에 떨어졌다.

주선보는 분노와 비통으로 몸을 떨었으나, 더 이상의 단기 접전은 받아들일 수 없었다.

더는 나서려는 장수도 없었다.

처음에는 울분을 토하며 너도 나도 나서려던 예하의 무장들이 이제는 눈치를 보기에 바빴다.

단기 접전에 나선 하르가르의 무위가 그처럼 대단했던 것이다.

'이래서야……!'

주선보는 걱정이 태산이었다.

군의 사기는 병사들의 생명과 직결되는 지대한 문제였다.

작금의 분위기라면 적이 병력을 동원할 경우 얼마나 제대로 막을 수 있을지, 아니, 막을 수나 있을지 몰라서 실로 암담하기 짝이 없었다.

생각 같아서는 병력을 대기시켜 놓고 있다가 하르가르가 나서는 순간에 포획이라도 하고 싶지만, 그럴 수는 없었다.

그건 그것대로 또 위험하다는 느낌이었다.

하르가르가 알짱거리는 위치가 참으로 묘해서 그랬다.

유림관의 면전에서 얼쩡대기는 하는데, 약간의 거리를 두고 있는데다가, 바로 뒤쪽이 잡초가 우거진 지대라 매복이 가능한 지역이었다.

어쩌면 하르가르의 목적이 거기에 있는지도 모르는 일이었다.

주선보는 그래서 그저 참고 또 참기만 했다.

하르가르가 쉬지 않고 유림관의 면전으로 다가와서 단기 접전을 요구하며 그와 황군을 조롱했으나, 애써 무시하며 상대해 주지 않았다.

그렇게 하루가 지나고 아침이 밝아 왔다.

하르가르는 아침부터 말을 몰고 유림관의 앞마당으로 다가와서 보란 듯이 낄낄대며 조롱하고 있었다.

"이젠 얼굴도 안 내미나? 내가 그렇게나 무서운 거야? 명색이 황군의 장수라는 놈이 이거 너무 심한 거 아니냐? 이거 겁이 많아도 너무 많잖아."

주선보는 절로 한숨을 내쉬었다.

"또 왔네, 저놈."

오랫동안 주선보를 보필하던 노군관 장포(張布)가 그의 마음을 십분 이해한 듯 작심한 표정으로 나섰다.

"소장이 나서겠습니다."

주선보는 슬쩍 고개를 돌려서 장포를 바라보았다.

장포라면 어쩌면 매번 그의 평정을 흐트러트리는 저 무례하고 발칙한 하르가르를 능히 해치울 수 있을지도 몰랐다.

비록 지금은 그의 장자방 노릇을 하고 있지만, 애초에 장포는 명석한 두뇌만큼이나 뛰어난 무위를 가진 무장이었다.

하지만 그는 고개를 저었다.

아무리 생각해도 모험이었다.

전세가 어떻게 변할지 모르는 마당에 여차해서 장포마저 잃는다면 실로 큰일이었다.

"쓸데없는 생각 말고 전에 말했던 야습이나 제대로 세워 놔."

"하지만……!"

"됐다니까, 글쎄!"

장포가 어쩔 수 없다는 듯 고개를 숙이며 물러났다.

그때 다시 하르가르의 조롱이 들려왔다.

"어이, 주 장군! 그러지 말고 얼굴 한번 내밀어 봐! 너보고 나서라는 것도 아닌데, 그리 겁먹고 숨어 있는 건 너무 한심하잖아!"

주선보는 속이 터져 죽을 것만 같았으나, 애써 내색을 삼가며 자리를 털고 일어나서 성루로 나섰다.

나서지 않을 수 없었다.

나서지 않으면 정말로 적장의 말처럼 그가 겁을 먹고 나서지 않는다고 믿는 병사들이 생길 수도 있었다.

유림관의 면전에서 오락가락 말을 몰고 있던 하르가르가 성루로 나선 주선보를 발견하고는 활짝 웃으며 손을 흔들었다.

"야, 살아 있었구나. 난 또 혹시나 겁에 질려 오줌을 지리다가 쓰러져서 뒈졌나 했지. 으하하하……!"

주선보는 분노가 극에 달해서 현기증이 일어날 정도였으나, 극고의 인내를 발휘해서 참으며 대꾸했다.

대꾸할 가치도 없는 말이라고 생각하지만, 대꾸하지 않으면 그건 또 그것대로 하르가르의 놀림감으로 바뀔 수 있으니 울며 겨자 먹기 식으로 대꾸하는 것이었다.

"참 애쓴다. 밥은 먹고 나온 거냐?"

하르가르가 마상에서 뒤로 드러눕다시피 하며 불룩 내민 배를 두드렸다.

"빵빵하게 먹었지. 보다시피 요즘 내가 너무 살이 찌고 있어. 너희들이 상대를 안 해 줘서 말이야. 그래서 하는 말인데……."

은근히 말꼬리를 늘인 하르가르가 보란 듯이 힘겨운 모습으로 자세를 바로하고는 수중의 창을 바닥에 꽂으며 다시 말했다.

"그러지 말고 우리 이렇게 하자. 내가 한손을 이렇게 뒤로 묶고 한손만으로 상대해 줄게. 그러니 아무나 하나 내보내라. 나 심심해서 죽겠어 정말."

주선보는 못내 어금니를 악물면서도 애써 미소를 잃지 않고 하르가르를 바라보았다.

하지만 선뜻 말문이 열리지는 않았다.

도무지 어떤 말을 해도 자신의 격정이 숨겨질 것 같지 않았다.

수하 군관들과 함께 나선 장포가 이제 더는 안 되겠다 싶었는지 안색을 굳히며 한 무릎을 꿇었다.

"나서게 해 주십시오, 장군!"

"내가 안 된다고……!"

주선보가 벌컥 화를 내다가 어리둥절해하며 말꼬리를 흐렸다.

장포와 함께 나선 군관들 뒤에 그가 전혀 알지 못하는 낯선 흑의사내 하나가 끼여 있었기 때문이다.

"누구……?"

주선보가 얼떨결에 묻자, 흑의사내가 시선도 주지 않고 하르 가르를 주시한 채로 반문했다.

"저 녀석 이름이 뭐요?"

장포를 비롯한 주변의 군관들이 그제야 흑의사내의 존재를 확인하고는 화들짝 놀라서 칼을 뽑으며 태세를 갖추었다.

"누, 누구냐 너는?"

흑의사내가 어색하게 웃는 낯으로 손을 저었다.

"아, 그리 경계할 필요 없소. 같은 편이니까. 내가 모시는 분이 여기로 가서 뭐 좀 확인해 보라고 해서…… 근데, 사실이네."

주선보가 칼을 뽑아 든 장포 등을 둘러보며 끌끌 혀를 찼다.

"칼을 거둬라. 이 사람이 적이었으면 너희들이나 나나 벌써 목이 베어졌어도 열 번은 더 베어졌을 거다."

주선보는 첫눈에 상대, 흑의사내에게 자신들을 향한 적의가 없음을 간파한 것이다.

장포 등 주변의 군관들이 그제야 무색해진 표정으로 칼을 거두었다.

주선보가 새삼 혀를 차고는 고개를 돌려서 흑의사내에게 시선을 고정하며 물었다.

"귀하는 누구고, 대체 무엇을 확인하려 여기에 왔다는 것이며, 또 뭐가 사실이라는 거요?"

흑의사내가 새삼 멋쩍게 웃으며 공수했다.

"가는 날이 장날이라고, 오자마자 앞에서 설치는 저놈을 살피느라 본의 아니게 인사가 늦었소. 본인은 비공을 모시는 무림말학 풍사라고 하오. 주군께서 말씀하시길 혹시나 여기 황군을 노리는 마교의 무리가 있는지 가서 확인하고, 있다면 처리하라 하셨소."

"아, 비공께서……!"

주선보가 반색했다.

주변의 군관들도 희색이 만연해졌다.

그도 그럴 것이, 누구의 입에서 어떤 식으로 전해진 것인지는 확실하지 않으나, 비공이라는 이름은 벌써부터 황궁을 비롯한 대내무반에 황제의 의동생이자, 강호무림의 절대자로 알려져 있었기 때문이다.

"……."

그 자신의 말마따나 설무백의 지시를 받고 유림관으로 달려온 풍사는 재신을 만난 듯이 반색하는 주선보 등의 반응에 절로 멋쩍어졌다.

어디 가서 이런 식의 환대를 받는 경우는 그의 일생에 한 번도 없었던 일이기 때문이다.

"일단 저자는 본인이 처리하도록 하겠소."

풍사는 서둘러 말하고는 누가 말릴 사이도 없이 곧바로 성루에서 뛰어내렸다.

성루는 족히 다섯 길이 넘는 높이였으나, 강호무림에서도 내로라하는 고수에 속하는 그에게는 아무런 문제가 되지 않았다.

깃털처럼 사뿐히 지상으로 내려선 그의 손에는 어느새 거무튀튀한 빛깔의 협인장창, 흑비가 들려 있었다.

하르가르가 그런 그를 보고는 반색하며 좋아했다.

"오, 네가 다음 상대인 거냐?"

풍사는 수중의 흑비를 어깨에 기대며 피식 웃는 낯으로 대꾸했다.

"호랑이 없는 소굴에서 왕 노릇을 하니 재밌더냐?"

하르가르가 비틀린 미소를 흘렸다.

"그럼 네가 호랑이라는 소리냐?"

풍사는 대답에 앞서 손가락을 까닥였다.

"와서 확인해 봐."

하르가르가 지렁이처럼 눈썹을 꿈틀하더니, 이내 말에 박차를 가했다.

그러다가 말의 속도도 성에 차지 않는지 마상에서 뛰어올라 말을 추월하며 번개처럼 달려왔다.

풍사가 쾌속하게 마주 달려 나갔다.

적아를 구분할 것도 없이 백의 하나도 제대로 볼 수 없는 속도였다.

두 사람 다 어지간한 사람의 눈이나 감각으로는 파악하기 힘든 속도의 경신술이었다.

그러나 거의 비등한 속도로 이동하는 그들은 서로가 서로를 볼 수 있었다.

그 속에서 풍사의 어깨에 걸치고 있던 협인장창 흑비가 뻗어졌다.

그저 단순히 창극을 앞으로 뻗어 내는 것에 불과했으나, 그 순간 수십 개의 창극이 떠올라서 쇄도하는 하르가르의 전신을 뒤덮고 있었다.

"헉!"

하르가르가 헛바람을 삼켰다.

거의 비등한 속도이긴 하나, 그보다는 풍사의 동작이 조금 더 빠르고 기민했던 것이다.

의지와 무관하게 하르가르의 속도가 줄어들었다.

반사적으로 내미는 그의 창극도 전에 없이 불안하게 흔들렸다.

그의 안목으로는 풍사가 펼친 창격의 실초와 허초를 전혀 파악할 수 없었던 것이다.

반면에 풍사는 하르가르의 움직임을 하나도 놓치지 않고 또렷이 보며 대응하고 있었다.

하르가르는 그의 기세에 놀라고 당황했다.

그러자 전신에서, 또한 앞으로 내밀어지는 창극에서 아지랑이처럼 검은 기파가 서렸다.

마기였다.

하르가르는 마성과 마기를 억누를 수 있는 경지인 극마지체로 진입하긴 했으나, 이제 고작 초보 단계에 불과해서 감정이 동요하자 마기가 드러나는 것이다.

풍사는 그에 반응해서 속도를 더했다.

깡―!

거친 금속성과 함께 하르가르가 뻗어 내던 창극이 하늘로 들렸다.

풍사의 흑비가 걷어 낸 것인데, 바로 다시 숙여진 흑비의 서슬이 경악과 불신으로 눈이 커지는 하르가르의 가슴을 찔렀다.

하르가르가 기겁하며 다급히 물러났으나, 아무런 소용이 없었다.

그가 물러나는 거리만큼 풍사가 전진해 들어왔기 때문이다.

푹―!

섬뜩한 소음과 함께 뜨거운 인두로 지지는 듯한 고통이 하르가르의 가슴에서부터 피어나서 뇌리로 직결되었다.

"크으……!"

양측 진영에서 일어난 함성과 탄식이 하르가르의 신음을 삼켰다.

이제야 그들의 모습이 사람들의 시선에 잡힌 것이다.

"익!"

하르가르가 사력을 다해서 거듭 물러나는 것으로 폐부를 관통하려는 풍사의 창극을 벗어났다.

가슴에서 피 화살을 뿜어내는 그의 신형이 누가 뒤에서 당긴 것처럼 주룩 뒤로 물러나고 있었다.

때를 같이해서 풍사의 창이 다시 움직였다.

독사의 머리처럼 영활하게 고개를 쳐드는가 싶던 창극이 이내 직선으로 뻗어져서 재차 하르가르의 가슴을 노렸다.

하르가르가 사력을 다해서 물러나는 바람에 그들의 사이는 순식간에 대여섯 장이나 벌어져 있었다.

그런데 찰나지간에 그 거리가 사라져 버리고, 하르가르의 가슴에는 어느새 흑비의 서슬이 뿜어내는 서릿발 같은 기세가 찔러 들고 있었다.

"익!"

하르가르는 이를 악물고 사력을 다해서 연거푸 물러나며 창을 던지고 칼을 뽑아 들어서 마구 휘저었다.

가슴을 찔러드는 풍사의 창극을 걷어 내리려는 발악이었다.

그러나 풍사의 창극이 연이어 빙글 돌아가며 오히려 그의 칼을 하늘로 걷어 내 버렸고, 그렇게 열린 그의 가슴을 여지없이 꿰뚫어 버렸다.

"커억!"

하르가르는 절로 비명을 내지르며 굳어졌다.

풍사가 한 걸음 더 진전하며 창극을 높이 들었다.

창극에 박힌 하르가르가 나무 꼬챙이에 꽂힌 개구리처럼 사지를 부들부들 떨며 피를 토했다.

휘릭—!

풍사가 수중의 창을 한 바퀴 돌려서 앞으로 뻗어 냈다.

하르가르의 몸이 창극에서 뽑혀져 나가며 피를 뿌렸다.

저 멀리 바닥에 나뒹굴다가 엎어진 하르가르가 고개를 쳐들고 그를 노려보며 부르르 사지를 떨다가 이내 축 늘어졌다.

몽고군의 장수로 화해서 유림관을 지키던 위장군 주선보 예하의 쟁쟁한 무장들을 여섯이나 간단하게 해치운 마교의 마두가 한 마리의 개구리처럼 속절없이 죽어 버린 것이다.

"와아……!"

유림관의 황군 진영에서 우렁찬 함성이 터졌다.

그간 참고 억누르던 분노가 시원하게 날아가는 기쁨의 함성으로 느껴졌다.

그때 고요하던 몽고군의 진영에서 외마디 일갈이 터졌다.

"놈!"

검은 피풍의에 사방으로 각진 와릉모(瓦菱帽)를 눌러쓴 사내 하나가 박차를 가해서 질주해 오고 있었다.

풍사는 첫눈에 상대의 정체를 알아보았다.

이제 더는 숨길 필요가 없는 것인지, 창을 높이 쳐들며 달려오는 마상의 사내는 전신에 검은 기류와 기파를 발하고 있었다.

죽은 하르가르보다 더 강렬한 마기였다.

풍사는 지체 없이 마주 달려 나갔다.

창극을 뒤로 뻗어 낸 상태로 머리가 지면에 닿을 듯이 낮게 달려 나가는 그의 두 눈이 먹이를 발견한 짐승처럼 살기로 번들거렸다.

"죽어!"

마상의 사내가 달려오는 그대로 창을 던졌다.

마기로 이글거리는 창이 시위를 떠난 화살보다도 더 빠르게 풍사의 면전으로 쇄도했다.

풍사는 기다렸다는 듯이 하늘로 솟구쳤다.

검게 이글거리는 장창이 그의 발밑을 스쳐서 바닥을 강타했다.

그 순간에 이미 십여 장이나 솟아오른 풍사가 창을 날렸다.

무지막지한 속도로 인해 흐릿한 그림자로 보이는 검은 빛깔의 협인장창, 흑비가 그와 마상의 사내를 빨랫줄처럼 연결하고 있었다.

"이익!"

마상의 사내가 감히 막을 엄두조차 내지 못한 듯 말을 버리고 튀어 올랐다.

말이 질주를 멈추고 울며 사정없이 엎어졌다.

벼락처럼 떨어진 흑비가 말 허리를 관통하며 지면에 박힌 결과였다.

그와 거의 동시에!

"헉!"

말을 버리고 뒤로 튀었던 피풍의의 사내가 헛바람을 삼켰다.

풍사가 어느새 그의 면전에 나타나서 히죽 웃고 있었다.

창을 던지고, 그 뒤를 따라서 떨어져 내렸던 것이다.

피풍의의 사내가 다급히 물러났다.

풍사는 놓치지 않았다.

그림자처럼 따라붙으며 손을 내밀었다.

그 일 수로 싸움이 끝났다.

언제 어느 때 뽑아 들었는지 모를 칼끝이 물러나는 피풍의 사내의 가슴을 깊숙이 파고들고 있었다.

푸욱―!

섬뜩한 소음과 함께 물러나던 피풍의의 사내가 멈추었다.

풍사는 멈추지 않았다.

그대로 전진하며 수중의 칼을 밀어 넣었다.

칼날이 피풍의 사내의 가슴을 관통하며 등 뒤로 삐져 나갔다.

그 순간에 내밀어진 풍사의 다른 손이 피풍의 사내의 목을 움켜잡았다.

으득―!

피풍의 사내의 목이 부러져 나가며 섬뜩한 소음이 일어났다.

절로 벌어진 입에서 피를 토하던 그의 얼굴이 옆으로 기울어졌다.

즉사였다.

그때 요란한 함성이 터졌다.

"와아아아……!"

몽고군의 진영에서 수천의 기마대가 돌진해 오고 있었다.

그 순간과 동시에 북소리가 요란하게 울렸다.

유림관의 대문이 활짝 열리며 기마대들이 우르르 쏟아져 나오고 있었다.

졸지에 격돌의 중심, 전장의 한복판에 서 있게 된 풍사는 머쓱하게 뒷머리를 긁적였다.

그때 유림관을 나선 기마대의 선두에서 말을 모는 장수 하나가 소리쳤다.

"놈들은 우리가 맡을 테니, 귀인은 그만 물러나시오!"

풍사는 씩, 하고 웃으며 중얼거렸다.

"이거 오랜만에 피가 끓네."

"저도요."

누군가 불쑥 대답하며 풍사의 곁에 홀연히 모습을 드러냈다.

광풍이랑 청면수였다.

설무백의 명령에 따라 각지로 지원을 나선 그들은 이인일조로 움직이게 되어 있었고, 풍사와 청면수가 한조인 것이다.

"정말 오랜만이지?"

"그러네요."

풍사가 새삼 씩 웃으며 슬쩍 손을 뻗어서 조금 전 말 허리를 관통한 채 땅에 박혀 있던 검은 빛깔의 협인장창, 흑비를 허공섭물로 휘수했다. 그리고 노도처럼 밀려오는 적진을 향해 달려 나갔다.

청면수가 뒤질세라 그림자처럼 그 뒤를 따라갔다.

이런 식의 난전, 혼전이야말로 그들이 본연의 실력을 백분 발휘할 수 있는 공간이었다.

질주하는 그들을 따라서 쇄도하는 적의 기마대가 좌우로 갈라졌다.

그의 앞으로 길이 뚫리고 있었다.

나가떨어지는 주검들이 피와 살점으로 양념되는 죽음의 길이었다.

"언제?"

무림맹의 서편에 자리한 남궁유아의 거처였다.

새벽 선잠에서 깨어난 남궁유아는 자신의 귀를 의심하는 표정을 지으며 예고도 없이 방문해서 얼토당토않은 얘기를 건네는 동생 남궁유화를 물끄러미 바라보았다.

그러나 남궁유화는 어디까지나 냉정하게 같은 말을 반복했다.

"사흘 후 새벽, 지금 이 시간."

남궁유아는 사뭇 진지한 남궁유화의 태도에 머리를 바르르

흔드는 것으로 정신을 추스르며 확인했다.

"그러니까, 네 말은 사흘 후 지금과 동일한 시간인 새벽에 천사교의 총단을 공격해야 하니까 지금 지금 당장 정예들을 추려서 모처로 가야 한다 이거지?"

"응."

남궁유화가 짧게 수긍하자, 남궁유아는 일그러진 표정으로 삐딱하게 바라보며 반문했다.

"장난하냐, 지금?"

"아니."

"아니면? 왜 그걸 이제야 말하는 건데?"

"나도 이제 들었으니까."

"그럼 대체 누가 네게 그런 말을 해 준 건데?"

남궁유아는 질문을 건네는 것과 상관없이 고개를 돌려서 남궁유화와 함께 나타난 낯선 사내에게 시선을 고정하고 있었다.

남궁유화가 그녀를 따라서 사내에게 시선을 주며 소개했다.

"설 공자가 보낸 사람이야."

남궁유아가 묘하다는 투로 말했다.

"평범해 보여서 그런 느낌은 조금도 들지 않는 사람이네. 설 공자 밑에는 대체 얼마나 많은 인재들이 모여 있는 거야?"

"언니가 아는 사람이야."

"응?"

남궁유아가 어리둥절해하며 남궁유화와 사내를 번갈아 보았다.

"생각보다 감이 둔하군요."

사내가 중얼거리며 슬쩍 들어 올린 손바닥으로 자신의 얼굴을 쓸어내렸다.

그러자 그의 얼굴이 전혀 다른 얼굴로 변했다.

그는 면구가 필요 없는 고도의 환용술로 얼굴을 바꾸고 있었던 것인데, 과연 새롭게 드러난 얼굴은 남궁유아도 아는 사람이었다.

"대력귀 소저……?"

그랬다. 그는 사내가 아니라 변체환용술로 얼굴을 바꾼 대력귀였다.

"오래만이에요."

"하하, 그러네요."

남궁유아가 어색한 인사를 교환하고 나서 재우쳐 물었다.

"아무려나, 이게 설 공자의 계획이라 이건가요?"

대력귀가 대답했다.

"그래요. 전서로 보낼 사안은 아니라며 직접 가서 전달해 주라고 했는데, 마침 내가 시간이 됐네요."

남궁유아가 못내 고개를 갸웃거리며 우려했다.

"이런저런 일로 매우 바쁜 것으로 아는데, 이런 시점에 천사교를 치다니, 괜한 타초경사(打草驚蛇)가 아닌지 모르겠군요."

대력귀가 지극히 사무적인 말투로 대답했다.

"조금 과한 면이 없지 않아 있긴 하지만, 어쩔 수 없는 선택이라고 하더군요. 수신제가치국평천하라나 뭐라나……? 아무튼. 그들을 그냥 뒤에 두고 앞으로 나설 수는 없는 일이라고 했어요."

남궁유아는 슬쩍 남궁유화를 바라보았다.

"너도 같은 생각인 거지?"

남궁유화가 잠시 뜸을 들이다가 어깨를 으쓱하며 대답했다.

"무조건 이기려는 싸움은 아닐 거야. 그들을 붙잡아 두려는 걸 테지. 우리가 나서면 승패를 떠나서 적어도 저들이 전선에 나선 황군의 뒤를 치지는 못할 테니까."

남궁유아가 눈가를 좁히며 말꼬리를 잡았다.

"그건 쾌활림도 같지 않나?"

남궁유화가 대답 대신 고개를 돌려서 대력귀를 바라보았다.

그에 반응해서 대력귀가 말했다.

"사도진악은 일전에 개방을 건드린 패착으로 당분간 자신의 시간이 도래했다고 판단되기 전까지는 하늘이 무너지고 땅이 꺼지는 한이 있어도 죽은 듯이 풀숲에만 숨어서 지낼 자라고 하더군요. 물론 주군의 전언이에요."

"……."

남궁유아가 미심쩍은 표정으로 변해서 슬그머니 남궁유화를 바라보며 물었다.

"네 생각은 어때?"

남궁유화는 어깨를 으쓱했다.

"내게 그런 확신은 없어."

남궁유아가 실소했다.

"그런데 믿는다?"

남궁유화는 대수롭지 않게 인정했다.

"여태 한 번도 틀린 판단을 내린 적이 없는 사람이잖아, 설 공자 그 사람."

"네 생각이 그렇다면야…….'"

남궁유아가 고개를 끄덕이고는 자리를 털고 일어나서 주섬 주섬 옷을 챙겨 입기 시작했다.

"어서 희 가, 그 계집……이 아니라 그 애부터 빨리 호출해 라. 맹주를 설득하려면 그 애 도움도 필요하니까."

남궁유아가 그대로 앉아서 어색한 표정으로 콧잔등을 긁었 다.

그 순간 방문이 열리며 누군가 말했다.

"그 계집 이미 여기 와 있다."

희여산이었다.

남궁유아가 찔끔 땀을 흘리며 멈칫하다가 이내 바보처럼 '히' 하고 웃으며 말했다.

"실수, 실수."

희여산이 싸늘하게 말꼬리를 잡았다.

"습관 같던데?"

"그럴 리가 있냐. 정말 실수. 너그럽게 이해해 주라."

"처음이자 마지막으로, 이번 한 번만 이해하지."

희여산이 말과 달리 전혀 이해하지 않는 것처럼 표독스러운 눈빛으로 남궁유아를 노려보았다.

대력귀가 그녀들의 실랑이에 끼고 싶지 않다는 듯 서둘러 자리를 털고 일어나서 작별을 고했다.

"그럼 나는 이만……!"

남궁유아는 서둘러 의복을 챙겨 입는 가운데, 희여산의 눈치를 보느라, 그리고 희여산은 시종일과 그런 남궁유아를 노려보느라 자리를 떠나는 대력귀는 쳐다보지도 않았다.

남궁유화만이 가벼운 눈짓으로 인사를 대신했을 뿐이었다.

대력귀는 거기에 아랑곳하지 않고 남궁유아의 거처를 벗어나서 밖으로 나오기 무섭게 고도의 은신법을 발휘해서 암중으로 숨어들었다.

그리고 소리 없는 이동으로 남궁유아의 거처인 전각을 돌아서 후원을 가로질렀고, 이내 두 개의 담과 하나의 정원을 더 거슬러서 한 채의 아담한 전각으로 스며 들어갔다.

바로 남궁유화의 거처가 자리한 전각이었다.

전각은 이 층짜리였고, 내부는 벽을 따라 뻗은 복도의 끝에 있는 계단을 통해서 이 층으로 올라가도록 되어 있었다.

대력귀는 아무런 기척도 없이 그 길을 따라서 이 층으로 올라갔고, 통으로 하나인 대청으로 들어섰다.

대청은 밖에서 보는 전각의 형태와 달리 제법 넓었다.

다만 평소 어떤 용도로 사용하는지는 몰라도, 벽을 따라 걸린 병기반과 창가에 놓인 작은 탁자와 의자를 제외하면 허전할 정도로 별다른 가구나 장식품이 없었는데, 거기 창가의 탁자에 한 사내가 앉아 있다가 그녀를 맞이했다.

애꾸눈 사내, 혈영이었다.

"예상보다 빨리 왔네?"

대력귀는 가볍게 웃는 낯으로 혈영의 맞은편 의자에 앉아서 어깨를 으쓱하며 대답했다.

"예상과 달리 이것저것 꼬치꼬치 따지는 사람들은 아니더라고요. 형식적으로 몇 가지 묻고 확인하더니 별다른 거부감 없이 수긍하기에 바로 나왔어요."

혈영이 고개를 끄덕이며 웃었다.

"하긴, 다들 한 성질 하는 성격이긴 해도 주군을 믿는 마음은 큰 사람들이니까."

"그런 것 같더군요."

"그런 것 같은 게 아니라, 그런 사람들이야."

"그렇다고 치죠."

"……?"

혈영이 묘하다는 듯이 대력귀를 바라보았다.

"왜 그렇게 까칠해?"

"내가요?"

"웅."

대력귀가 잠시 뜸을 들이다가 대꾸했다.

"달거리가 됐나 보죠."

혈영은 다른 건 몰라도 여자에 대해선 모르고 또 더 없이 약한 사람이라 대번에 얼굴이 붉어져서 화제를 돌렸다.

"관두고, 어서 용건이나 말하지? 난 왜 보자고 한 거야?"

대력귀가 바로 대답하려고 입을 열다가 그만두었다.

아래층에서 올라오는 인기척이 들려왔다.

일순, 혈영과 시선을 교환한 그녀는 그 자리에서 홀연히 사라졌다.

고도의 은신술을 발휘해서 암중으로 숨은 것이다.

이윽고, 인기척의 주인이 대청으로 들어서며 소리쳤다.

"사부님!"

암중에서 대청으로 들어서는 인기척의 주인을 확인한 대력귀는 절로 눈을 멀뚱거렸다.

상대가 이제 막 뛰기를 배운 것 같은 꼬마아이였기 때문이다.

'사부님이라고……?'

어리둥절해하는 그녀의 시선이 절로 혈영에게 돌아갔다.

그녀의 시선에 들어온 혈영은 그런 그녀의 시선을 의식한 듯 한없이 난감해하고 있었다.

몽고의 발호 아흐레째 날

"무, 무슨 일이냐?"

"사부님, 그게요. 제가 방금 전에 귀화일섬(鬼火一閃)을 성공했어요. 전에는 이렇게 진각에서 투로로 이어질 때 진기의 흐름이 막혔었는데, 오늘은 됐어요. 이어졌어요."

"그, 그래. 그보다 저기……!"

"전에는 이렇게 진각에서 투로로 이어질 때 진기의 흐름이 끊기거나 막혔는데, 오늘은 됐어요. 끊기지도 않고 막히지도 않고 이어졌다고요."

이제 고작 네다섯 살이나 되었을까?

어울리지 않게 백의무복을 꼼꼼하게 차려입어서 더욱 앙증맞게 보이는 아이는 정확한 발음과 선명한 억양으로 말을 하며 놀랍게도 어지간한 성인의 동작보다도 더 정확한 동작으로 진각을 밟으며 초식의 동작을 취하고 있었다.

혈영이 그래서 더욱더 당황하는 것 같았다.

전에 없이 말까지 더듬는 그의 모습은 암중에서 지켜보는 대력귀의 눈에는 실로 생소하기 짝이 없는 태도였다.

진땀을 흘리며 은연중에 대력귀의 눈치를 보는 것도 전에는 그녀가 한 번도 본 적이 없는 태도였고 말이다.

'게다가 귀화일섬이라고?'

귀화일섬은 지난날 설무백이 혈영에게 전해 둔 무산오괴의 무공이었다. 정확히는 무산오괴의 대형인 유마요괴(儒魔妖怪)의 독문무공인 귀화십삼뢰(鬼火十三雷)의 시작이자 끝인 도법이었다.

귀화일섬으로 시작해서 이형(二形)과 삼척(三刺), 사인(四刃) 등을 거쳐 귀화십삼뢰까지 도달하면 다시 귀화일섬으로 회귀한다는 귀화십삼뢰의 정수이기 때문이다.

'저 어린 나이에……?'

암중의 대력귀가 놀라고 또 놀라는 참인데, 혈영은 어떻게든 대화를 끝내려고 서둘렀다.

"그, 그래 잘했구나. 그런데, 우리 나중에 다시 얘기하면 안 될까? 지금 이 사부가 하던 일이 있어서 말이야."

"아, 그러세요."

아이가 정말이지 아쉽다는 표정이 역력하면서도 어쩔 수 없다는 듯 물러났다.

"사부님께 보여 드리려고 했는데, 나중에 보여 드려야겠네요. 알겠습니다. 그럼 제자는 이만 돌아가서 정진하겠습니다."

"어, 그래."

혈영은 애써 웃는 낯으로 아이의 어깨를 토닥이며 서둘러 밖으로 내보냈다.

대력귀는 밖으로 나간 아이의 인기척이 멀리 사라지기 무섭게 모습을 드러내며 물었다.

"많이 컸네? 쟤가 소천이지? 남궁유화의 아들?"

"어? 응. 그래."

혈영이 애써 대수롭지 않다는 듯이 대꾸하고는 서둘러 말문을 돌렸다.

"그보다 왜 나를 보자고 한 거야?"

대력귀는 애쓴 혈영의 노력을 외면하며 도끼눈을 떴다.

"사부님?"

혈영은 함구한 채 딴청을 부렸다.

대력귀가 한층 더 울컥하며 그의 팔소매를 잡아챘다.

"미쳤어? 저렇게 어린아이에게 그런 사마이공 중에서도 손꼽히는 유마요괴의 절공을 전해 준다는 게 말이 되는 거야 지금?"

혈영이 딴청을 부리며 대답했다.

"또래하고는 달라. 벌써 남궁세가의 내공인 천뢰기(天雷氣)를 수련하고 있고, 어느새 창궁무애검법(蒼穹無涯劍法)에도 입문한 애니까."

"아무리 그래도 그렇지……!"

"사정이 있었어."

"어떤 사정?"

"그게…… 내가 실수로 쟤 눈에 들키는 바람에 그만……."

대력귀가 황당해했다.

"아, 그래. 어린애의 입을 막으려고 사부 노릇을 하며 무산
오괴의 대형인 유마요괴의 절기인 귀화십삼뢰를 전수했다 이
거구나?"

수긍이 아니라 비꼬는 것이었다.

혈영이 어색한 미소를 흘리며 변명했다.

"애가 총명하기도 했고, 또 나도 나름 심심하기도 해서……."

대력귀가 수긍하듯이 고개를 끄덕이며 배시시 웃는 낯으로
다시 비꼬았다.

"응, 그렇구나. 애가 너무 총명하고 심심하기도 해서 자신이
알고 있는 최고의 절기 중 하나를 전수한 거구나."

"큼!"

혈영은 어색한 표정으로 헛기침을 하며 함구했다.

남을 속이는 것에, 아니, 정확히 말하면 동료를 속이는 데 익
숙하지 않은 그인지라 무언가를 감추고 있다는 것이 적나라하
게 드러나는 태도였다.

대력귀가 두 눈을 한층 더 가늘게 뜨고 쳐다보다가 이내 물
러나서 팔짱을 끼며 의미심장한 말을 건넸다.

"잘 생각해. 꽃이 피는 것도, 지는 것도 자기 혼자 스스로 해내는 것 같지만 사실은 누군가의 도움으로 혹은 간섭으로 되는 일인 거야. 사람도 그래. 그게 무슨 일이든 혼자 해결하는 것 같지만 사실은 주변의 도움이나 간섭이 있기에 해결할 수 있는 거지. 그게 설령 도움을 주지 않고 무심하게 외면하는 것일지라도 말이야."

"무슨 말이야 그게?"

"지금 혈영이 여기 혼자서 주군의 명령을 무사히 수행하고 있는 것도 다 우리의 지원이 있기에 가능하다는 소리야. 그 좋은 관계 다 끊을래? 이제부터 우리 서로 감추고 숨기고 기만하기로 할까?"

"……."

혈영이 잠시 뜸을 들이며 물끄러미 대력귀를 바라보다가 이내 피식 웃었다.

"거, 말 참 거창하게 하네. 언제 시문을 공부했냐?"

대력귀가 웃는 낯으로 어깨를 으쓱했다.

"어릴 적 꿈이 대학사의 시동이었다, 왜?"

혈영이 어이없다는 듯 바라보다가 이내 짧은 한숨을 내쉬고는 자못 냉정한 태도를 하며 불쑥 물었다.

"소천은 누구와 닮았어. 그렇지?"

"그래, 아주 많이 닮았지. 바로……!"

"거기까지!"

혈영이 자못 언성을 높여서 말을 끊었다.

"지금 내가 여기서 네게 해 줄 수 있는 말은 그거 하나야. 더이상은 없어. 그마저도 내 추론에 불과하니까. 그 추론 때문에 소천을 함부로 할 수가 없고, 또한 그 때문에 다른 방법으로 강제하지 못하고 거래를 할 수밖에 없었어. 무공을 가르쳐 주는 대신 입을 다물기로 한 거지."

대력귀가 고개를 갸웃했다.

"그 작은 아이가 낯선 사내와, 그것도 그쪽처럼 흉악무도하게 생긴 사내와 거래를?"

"흉악무도까지는 아니지 않나?"

"흉악무도해. 그것도 많이 순화한 거야."

"그렇다 치고……."

혈영이 그 얘기는 그만두자는 듯 손을 내저으며 재우쳐 말했다.

"무공에 관심이 아주 많아. 그리고 영악해. 내게 적의가 없다는 것을 대번에 간파하고 협상을 하더라고. 내가 꼼짝없이 당했어."

"과연 그 성격마저 누구랑 닮았네."

대력귀가 실소하고는 이내 심각해진 표정으로 재우쳐 물었다.

"애 엄마는 모르는 거지?"

"아마도."

"아마도?"

"아니, 몰라."

"이상하네? 남궁유화 정도면 애의 기풍이 변한 것을 어렵지 않게 알 수 있을 텐데……? 게다가 남궁유아도 있잖아?"

혈영이 씩 웃으며 대답했다.

"애가 또래와 다르다고 했잖아. 영악해도 보통 영악한 게 아니야. 자기 어미는 물론, 다른 사람 앞에서는 그 어떤 무공도 절대 드러내지 않더라고. 이제 고작 다섯 살배기가 완전히 애늙은이야."

"과연 누구와 닮아서……."

대력귀가 고개를 끄덕이며 수긍하며 팔꿈치를 받친 한손으로 턱을 괴고 골똘히 생각에 잠겼다.

혈영이 곱지 않은 눈초리로 그녀를 노려보며 말했다.

"들을 거 다 들었으면 이제 그만 나를 찾아온 용무 좀 밝히지?"

"아, 그래. 미안."

대력귀가 상념에서 깨어나며 어색하게 웃고는 허리에 매달고 온 작은 보따리를 풀어서 내밀었다.

"이거. 주군이 가져다주래."

혈영이 어리둥절해하며 보따리를 풀어보았다.

보따리 속에는 어른 엄지손가락만 한 전통이 여덟 개가 들어 있었다.

일에서 팔까지 숫자가 적혀 있는 전통이었다.

"뭔데, 이게?"

"나도 잘은 모르는데, 황궁 서고에서 찾아낸 무공도보라고 하더군. 일일이 다 옮겨 적느라 고생깨나 했다고 하더라."

"……?"

혈영이 주섬주섬 일이라는 숫자가 적힌 전통을 열어서 안에 들어 있는 전서를 확인했다.

돌돌 말린 전서를 펼쳐 보던 그의 눈이 더 할 수 없이 크게 떠졌다.

"이건……!"

대력귀가 관심을 보였다.

명령에 따라 가지고 왔을 뿐, 내용은 확인해 보지 않은 것이다.

"뭔데?"

혈영이 자신도 어쩔 수 없는 무인이라는 것을 드러내듯 전서를 펼쳐 든 두 손을 가볍게 떨며 대답했다.

"천하일살(天下一脈) 일점홍의 절기."

대력귀도 놀란 눈빛을 드러냈다.

혈영이 그렇듯 그녀 역시 어쩔 수 없는 무인이라 놀라지 않을 수 없었다. 그럴 수밖에 없는 것이, 과거 천하제일살수이자, 밤의 제왕으로 불리던 일점홍의 위명은 고금제일인을 논하는 천하삼천존과 버금갔다.

천하삼천존과 어깨를 나란히 할 수 있는 사람이 있다면 마교의 천마대제와 천하일살로 불리는 일점홍이 유일하다는 것이 혹자들의 중론일 정도인 것이다.

"신물에는 주인이 따로 있다더니, 과연 그런가 보네. 그건 또 어떻게 찾아내셨데그래?"

대력귀가 사내처럼 혀를 내두르며 감탄하고는 새삼스러운 눈빛으로 혈영을 바라보았다.

"그러고 보니 그쪽하고 어울리는 무공이네. 일격필살의 검예, 이름조차 자신의 이름 그대로 일점홍이라지?"

혈영이 한숨을 내쉬었다.

"걱정이 되는군."

대력귀가 눈을 끔뻑거렸다.

"뭐가?"

"세상에 공짜가 없는 법인데, 하는 거 없이 자꾸 기연을 얻는 것 같아서."

혈영의 걱정을 들은 대력귀가 웃었다.

"그래, 세상에 공짜가 없지. 그러니 그건 아마도 뇌물일 거야. 누구랑 닮은 아이를 더 열심히 지키라는 뇌물."

"큼!"

혈영이 짧게 헛기침을 하며 전통들을 품에 갈무리했다. 그리고 자못 냉담한 모습으로 턱짓을 했다.

"괜한 신소리 말고, 볼일 다 봤으면 그만 가지?"

대력귀가 입을 딱 벌렸다.

"와, 사람이 이렇게 바뀌나?"

혈영이 짐짓 귀찮다는 듯이 손을 내저었다.

"본래 사람이 다 그래. 뒷간 들어갈 때하고 나올 때하고 같은 사람이 세상천지 어디에 있나? 무엇보다도 소천이 성격에 금방 다시 올 게 분명하니까, 군소리 말고 어서 돌아가."

"쳇!"

대력귀가 코웃음을 치며 혈영을 노려보고는 이내 촛불이 꺼지듯 그 자리에서 홀연히 사라졌다.

암중으로 스며든 것인데, 그 상태로 그녀가 당부했다.

"무림맹이 내일 새벽에 천사교를 칠 거야. 주군의 뜻이 그래. 그러니 당분간 긴장해. 주군의 생각과 달리 어쩌면 그 틈을 노리고 흑도천상회가 움직일 수도 있으니까."

혈영은 급히 물었다.

"주군은 지금 어디에 계시는데?"

대력귀가 대답했다.

"내일 무림맹과 합류하실 거야."

혈영이 묵묵히 고개를 끄덕였다.

그사이 대력귀가 아무런 기척도 없이 자리를 떠났다. 그리고 그 순간에 아래층에서 뛰어 올라오는 인기척이 들려왔다.

"사부님!"

남궁소천의 목소리였다.

혈영의 짐작대로 자리를 떠났던 남궁소천이 다시 돌아온 것
이다.

대력귀가 혈영의 말에 군소리 없이 바로 암중으로 숨은 것
도, 혈영이 그녀의 말을 듣고 그저 묵묵히 고개를 끄덕인 것도
다 남궁소천이 오고 있음을 이미 간파했기 때문이었다.

"또 무슨 일인데?"

"아무리 생각해도 제가 펼치는 귀화일섬을 사부님이 봐야
할 것 같아서요. 그래야 제대로인지 아닌지 알 수 있죠."

천상의 미동처럼 귀엽고 앙증맞은 남궁소천의 손에는 각종
보석으로 화려하게 치장된 패도가 들려 있었다.

혈영은 화들짝 놀랐다.

남궁소천의 손에 들린 패도가 바로 남궁세가의 가보인 천뢰
도(天雷刀)임을 알아보았기 때문이다.

"그건 어디서 났어?"

"아, 이거요?"

남궁소천이 수중의 패도를 이리저리 흔들어 보이며 자랑스
럽게 대답했다.

"저랑 어울리죠? 일전에 어머니를 졸라서 받았어요. 처음에
는 안 된다고 하셨는데, 한 이틀 밥 안 먹고 버티니까 주시던데
요? 히히……!"

혈영은 내심 그냥 가져온 것이 아니라서 다행이다 싶으면서
도 갑자기 골치가 지끈거렸다.

남이 당한 것 같지가 않았다.

'어째 점점 불안하네.'

이제 얼마 지나지 않아서 남궁소천이 자신도 감당하기 어려운 악동으로 변할 것 같아서 기분이 싸해지는 혈영이었다.

그런 그의 마음을 알 도리가 없는 남궁소천이 자못 다부진 모습으로 수중의 패도를 움켜쥐며 앞으로 나섰다.

"그럼 펼쳐 보일 테니, 잘 봐주세요!"

그러나 그럴 때가 아니었다.

혈영은 슬쩍 손을 내밀어서 태세를 갖추려는 남궁소천을 막았다.

"지금은 때가 아닌 것 같으니 나중에 하자."

말을 끝맺음과 동시에 그는 홀연히 사라졌다.

암중으로 숨어든 것이다.

잠시 어리둥절해하며 눈을 끔뻑이던 남궁소천이 이내 사태를 인지하며 실망스러운 표정으로 변해서 쓰게 입맛을 다셨다.

그 순간과 동시에 아래층에서 다급하게 그를 찾는 유모의 외침이 들려왔다.

"도련님!"

무림맹의 신임 맹주인 현각대사는 무림맹의 실질적인 군사

노릇을 하고 있는 남궁유화의 제안을 긍정적으로 검토했다.

즉각 각대문파의 존장들로 구성된 십삼 인의 수뇌부가 호출되어 회의가 벌어졌다.

또한 회의가 벌어진 지 불과 반 식경도 안 되는 시간 만에 무림맹의 수뇌부는 남궁유화의 제안을 수용했다.

그다음의 행보도 일사천리로 진행되었다.

각대문파의 존장들을 포함한 이백 명의 고수가 선발되었고, 지체 없이 삼삼오오 짝을 지어서 무림맹을 나섰다.

사전에 지정된 장소, 안휘성 남서부 어딘가로 자리를 옮겼다는 천사교의 비밀 총단과 불과 오 리밖에 떨어지지 않았다는 야산의 모처를 향해서였다.

그리고 정확히 사흘 하고도 반나절이 지난 새벽, 인시(寅時 : 오전3~5시)무렵이었다.

안휘성 남서부 모처에 자리한 이름 모를 야산의 중턱에는 무림맹을 떠난 이백 명의 정예들이 하나도 빠짐없이 집결했다.

다들 불철주야 쉬지 않고 달려온 까닭에 너 나 할 것 없이 거지꼴을 면치 못한 모습들인데, 특이하게도 눈빛만큼은 하나같이 쌩쌩하게 살아서 무섭게 이글거리고 있었다.

전의에 불타는 것이다.

그도 그럴 것이, 무림맹은 그간 내내 방어에만 몰두하면서도 수세를 면치 못했다.

여타 무림세가의 몰락은 너무 허다해서 일일이 다 언급할 수조차 없고, 강호무림의 기둥이라는 구대문파에 속한 점창파와 종남파의 본산이 무너졌으며, 화산파의 본산이 불탔다.

그뿐 아니라, 아직 연락이 닿지 않고 있으나, 곤륜파 역시 무너진 것이 거의 확실시되고 있으며, 무림맹의 대외 감찰과 정보를 책임지고 있던 개방도 상당한 타격을 입어서 이전처럼 활발히 나서지 못하고 은인자중(隱忍自重)하는 상태였다.

그 때문이었다.

지금 그들은 무림맹에 창설된 이후 처음으로 선제공격에 나선 길이었다.

흥분되고 기쁘고, 전의에 불타지 않을 수 없었다.

다만 맹주인 현각대사를 비롯한 수뇌부의 인물들은 다들 못내 아쉬운 기색이었다.

사전에 약속된 집결지에서 그들을 기다리는 사람이 고작 한 사람인데다가, 약관도 안 되어 보이는 생면부지의 소년이었기 때문이다.

설무백이 나설 것이라는 기대가 무너지자, 다들 못내 조금은 실망하는 기색들이었다.

약간의 부담과 걱정도 있을 것이다.

이번 계획이 설무백의 의견이라는 얘기를 들었기에 당연히 설무백이 나설 것이라고 생각했고, 또한 그래서 최고의 정예들만 추렸다고는 하나, 고작 이백 명의 인원만 선발하자는 남궁유화의 의견을 반대하지 않고 수렴한 것이기 때문이다.

모두의 만류에도 불구하고 굳이 따라나선 남궁유화가 대번에 그런 그들의 기분을 간파하며 나섰다.

"이름을 물어도 될까요, 소협?"

앳된 소년이 반가운 기색으로 공수했다.

"남궁유화 소저시죠? 사부님께 말씀 많이 들었습니다. 이렇게 만나 뵙게 되어서 반갑습니다. 저는 정기룡이라고 합니다."

그리고 거듭 더없이 정중하게 현각대사를 비롯한 무림맹의 수뇌진을 향해 공수를 더했다.

"무림 말학 정기룡입니다."

현각대사 등이 마주 공수하는 것으로 인사를 받았다.

하지만 적잖게 형식적으로 느껴질 정도로 다들 열의가 없는 눈빛이었다.

남궁유화는 그에 아랑곳하지 않고 호기심이 들어서 물었다.

"사부가 누구신데……?"

"아, 이런 모르시는군요. 무자, 백자 이름에 설자 성을 쓰시는 분이 바로 제 사부님입니다."

"아……!"

남궁유화가 무안해져서 사과했다.

"그렇군요. 미안해요. 설 대협에게 제자가 있다는 얘기를 들은 적이 없어서 그만, 실례했어요."

설무백에게 제자가 있다는 것을 모르는 것은 그녀만이 아니었다. 장내의 모두가 다 그랬다.

그 때문인지 현각대사를 비롯한 수뇌진들의 눈빛이 변했다.

정기룡이 설무백의 제자라는 한마디가 못내 실망하고 있던 그들의 관심을 부른 것 같았다.

"실례는 무슨……!"

정기룡이 주변의 반응과 상관없이 매우 당황한 기색으로 천만의 말씀이라는 듯 손사래를 쳤다.

"아닙니다. 그간 외부에 나선 적이 거의 없으니, 모르는 것이 당연하죠. 마음 같아서는 사부님 곁을 따르며 물 수발이라도 들어 드리고 싶지만, 그마저 안 되는 하찮은 능력이라 죄송스러울 따름입니다."

남궁유화는 더없이 자신을 낮추는 정기룡의 태도에 오히려 자신이 무안해져 버렸다.

"사부와는 딴판으로 겸손이 지나치네요. 제 눈에는 전혀 그렇게 보이지 않는 걸요?"

정기룡이 단호하게 대답했다.

"아닙니다. 정말입니다."

"……."

남궁유화는 지금 정기룡의 태도가 진심이라는 느끼며 새삼 당황스러웠다. 모르긴 해도, 풍잔이 그만큼이나 인재와 고수가 널린 용담호굴이라는 뜻일 것이다.

그녀는 다른 한편으로 고집스러운 것은 설무백과 빼다 박은 것 같다는 기분이 들어서 내심 고소를 금치 못하며 물러섰다.

"아, 그렇군요."

정기룡이 굳이 대답했다.

"예, 그렇습니다."

남궁유화가 고집스러운 그 태도에 역시 물러서길 잘했다는 생각을 하다가 문득 머쓱해졌다.

어느새 그들, 두 사람의 주변으로 현각대사를 비롯한 무림맹의 수뇌진이 몰려들어 있었다.

매사에 직설적인 종남파 장문인 맹검수사 부약도가 거침없이 그들의 대화에 끼어들며 물었다.

"설 대협은 오지 않은 건가?"

지위 고하를 떠나서 초면에 반말이나 하대는 예의에 어긋나는 일이고, 누구라도 거북하게 받아들일 수 있는 사안이었으나, 정기룡은 아무렇지 않게 받아들이며 대답했다.

"사부님은 조금 늦을 수도 있으니 기다리지 말라고 하셨습니다."

"늦을 테니 기다리지 말라?"

부약도의 안색이 살짝 굳어졌다.

어딘지 모르게 불쾌한 표정으로 재우쳐 물었다.

"이번 일을 계획한 사람이 늦는다면 그만한 이유가 있을 테지. 그래, 왜 늦을 거라 하던가?"

정기룡이 대답했다.

"흑도천상회의 기미를 봐야겠다고 하시더군요. 흑도천상회가 나서지 않는다는 것은 거의 확실시되나, 만에 하나라도 그들이 나선다면 곤란한 지경에 빠질 수도 있으니, 모종의 안배를 하시고 오겠다 하셨습니다."

"……!"

부약도가 무색한 표정이 되었다.

이번 계획을 주도한 설무백이 나타나지 않자 못내 여러모로 미심쩍은 기분이 들어서 파고든 것인데, 이번 일에 만전을 기하고자 늦는 것이라고 하니, 머쓱해져 버린 것이다.

다른 사람들의 표정도 그랬다.

다들 못내 아쉬워하던 표정을 지우며 고개를 끄덕이고 있었다.

남궁유화가 그사이 현각대사와 시선을 교환했다.

현각대사가 대번에 그녀의 마음을 읽은 듯 고개를 끄덕였고, 그제야 그녀가 나서며 정기룡을 향해 물었다.

"우리는 아직 저들의 본거지를 모르고 있어요. 정 소협이 여기서 우리를 기다린 것은 그걸 알려 주기 위함이겠죠?"

"여부가 있겠습니까."

정기룡이 고개를 끄덕이며 다부지게 대답하고는 비탈길의 끝자락으로 나서며 손을 뻗었다.

"저편에 보이는 저 산이 바로 잠산(潛山)입니다. 높진 않지만 광범위한 지역을 차지하고 있어서 지금 우리가 있는 여기 야산을 통하면 동북쪽의 무양벌을 거쳐서 합비로 이어지고, 서쪽으로는 호북성의 성 경계를 넘어서며, 아래로는 강서성 포양호(我陽湖)의 줄기와 닿아 있어서 가히 출입이 자유로운 사통발달의 요충지를 차지한 산이지요."

아직 어스름조차 희미한 새벽이라 어둠 속에서 희미하게 능선만 시야에 들어오는 산이었고, 대략 십 리가량 떨어진 것으로 보였다.

"천사교의 비밀 총단이 저기 저 잠산에 있다는 건가요?"

"예, 그렇습니다. 저도 가 보진 않았지만, 저기 잠산의 동편으로 진입하면 폭은 넓어도 물이 말라서 샘물처럼 흐르는 골짜기가 하나 있답니다. 워낙 깊어서 낮에도 해가 잘 들지 않는 까닭에 이름이 야곡(夜谷)이라고 한다는데, 그 안쪽에 천사교가 임시로 마련한 총단이 있다고 합니다. 여기서 뛰어가면 늦어도 반 식경 내에 도달할 수 있는 거리입니다."

남궁유화가 예리해진 눈빛으로 잠산의 능선을 살피는 참인데, 해남검파의 노태상인 반수검 적윤이 나서며 말했다.

"새삼 놀랍군. 천하대방인 개방조차 찾아내지 못한 천사교의 비밀 총단을 설 가, 그 친구는 대체 무슨 용빼는 재주로 이리도 정확하게 찾아낸 건지 실로 궁금하지 않을 수 없구려. 아니 그런가, 소화자(小花子)?"

소호자, 작은 거지라는 뜻이다.

의문을 드러낸 적윤의 시선이 수뇌진들의 뒤에서 기웃거리고 있던 개방의 젊은 걸개에게 향하고 있었다.

일전에 벌어졌던 흑도천상회의 기습 공격으로 말미암아 개방방주를 비롯한 개방의 수뇌들은 이번에 나서지 않았는데, 그들을 대신해서 나선 개방의 대표가 그였다.

과거 남개방의 용두방주를 역임했던 대선풍 황칠개의 제자이자, 현 통일개방의 최연소 당주인 소선풍 소붕이었다.

다만 그 소붕은 누가 봐도 동의를 구하고자 하는 적윤의 의도를 아무렇지도 않게 외면했다.

"아니요. 저는 하나도 안 궁금한 걸요? 다른 사람은 몰라도 설 대협이라면 가능할 거라고 생각하거든요."

적윤이 무색해진 얼굴로 변해서 물었다.

"어째서 설 가 그 친구라면 가능할 거라고 생각하지?"

소붕이 심드렁한 목소리로 짧게 대꾸했다.

"설 대협이니까요."

적윤이 절로 이맛살을 찌푸렸다.

이건 대답이 아니라 무시당한 기분이 들어서 감정이 상한 것이다.

그러거나 말거나 소붕은 당당했다.

다른 사람에게 밝힐 수는 없지만, 그는 지난날 풍잔에 잠입했다가 잡히는 와중에 설무백과 그 측근들의 가없는 능력을 익히 목도한 경험이 있었다.

그가 아는 그들이라면 이보다 더한 일도 능히 할 수 있다는 것이 그때부터 생겨난 그의 고정관념이었다.

그러나 적윤은 내심 점점 더 감정이 상하고 있었다.

소붕의 태도는 말할 것도 없고, 주변의 누구 하나 그의 말에 동조하거나 동의하는 기색이 없었기 때문이다.

맹주인 현각대사를 위시한 구대문파의 존장들과 내로라하는 각대문파의 명숙들이 어째 다들 소붕의 말에 거부감을 느끼기는커녕 오히려 수긍하는 기색이었다.

어째 장내의 모두가 설무백에게 아무런 거리낌 없이 무한한 신뢰를 보내고 있는 것이다.

'뭐지, 이 분위기는……?'

적윤은 못내 당황했다.

기실 그는 본의 아니게 얽히고설킨 사연으로 인해 설무백을 전혀 좋게 보고 있지 않았다.

그러나 지금의 이건 그런 그의 해묵은 감정과 무관한 또 다른 의심이요, 거부감이 들게 하는 상황이었다.

일개 흑도에게 구대문파를 포함한 각대문파의 존장들이 무한한 신뢰를 보낸다는 것이 어디 가당키나 하단 말인가.

그때 정기룡이 불쑥 물었다.

"지금 이 마당에 그게 중요한가요?"

상념에 빠져 있던 적윤은 이 질문이 자신에게 향한 것인지 모르고 있다가 뒤늦게 자신을 바라보는 정기룡의 시선을 보고는 당황하며 반문했다.

"내게 하는 말인가?"

"예."

정기룡이 고개를 끄덕이며 당차게 다시 말했다.

"아무래도 노야께서는 제가 사부님에게 전해 들은 말들을 의심하시는 것 같은데, 그런 건 애초에 여기로 오기 전에 먼저 따져 봐야 하는 게 아닌가 해서요. 이제 와서 그러시는 건 우리에게 아무런 도움이 안 됩니다. 설마 그냥 훼방을 놓고 싶으신 건 아니시죠?"

"훼, 훼방……?"

적윤은 한 방 맞은 표정이 되었다.

"내가?"

"그게 아니시라면……."

정기룡이 딱 부러지게 잘라 말했다.

"괜한 의심은 거둬 주시길 바랍니다. 제 사부님은 누굴 속일 분이 아닐뿐더러, 만일 속인다면 의심의 여지없이 완벽하게 속일 분이니까요."

적윤은 이미 장내의 분위기를 충분히 인지한지라 그냥 조용히 물러나려 했다.

그는 그 정도의 인내심은 가진 사람이었다.

그런데 그런 그의 마음과 주변의 분위기를 파악하지 못하고 나서는 불쑥 사람이 있었다.

"건방진 놈!"

적윤의 곁에 서 있던 백의사내, 바로 해남마가와 더불어 해

천외천의
주인

남검파의 양대가문 중 하나인 해남적룡가의 직계이자, 그의 제자인 사일분검(死日分劍) 적사동(赤絲桐)이었다.

"네 사부가 제자 교육을 아주 엉망으로 시킨 모양이구나!"

정기룡의 당차다 못해 당돌하기 짝이 없는 태도에 난감해하는 사부의 마음을 읽고 분노한 것일까?

적사동은 못내 살기까지 드러내며 신랄하게 퍼부었다.

"세상에 완벽한 것은 존재하지 않는 법이다! 하늘 밖에 하늘이 있음을 모르는 애송이가 감히 여기가 어느 안전이라고 버릇없이 그따위 시건방진 망발을 지껄이는 게냐! 주리를 틀어주랴?"

정기룡은 나이답지 않게 조숙해서 쉽게 화를 내는 사람이 아니었다.

어지간하면 참고 누르는 것이 그의 천성이었기 때문이다.

그러나 지금은 달랐다. 하필이면 적사동이 그의 성역과 같은 사부 설무백을 몰이배로 몰았기 때문이다.

분노한 그는 전에 없이 싸늘해진 눈초리로 삐딱하게 적사동을 노려보며 쏘아붙였다.

"버릇이 없는 건 내가 아니라 당신이야. 나는 지금 당신의 사부와 대화를 나누고 있잖아. 세상에 어떤 제자가 사부의 말을 가로채며 그렇듯 굶주린 들짐승처럼 사납게 이빨을 드러내나?"

"……!"

적사동의 얼굴이 대번에 썩은 대춧빛으로 변했다.

자신의 실수를 인지하기도 했지만, 그건 문제가 아니었다.

대가리에 피도 안 마른 어린 녀석이 눈을 부라리며 반말을 지껄이는 것에 분노한 그는 지금 여기가 어디고 무슨 자리인지조차 망각해 버렸다.

절대 그냥 넘어갈 수 없었다.

이대로 그냥 물러나면 그만 바보가 되는 것이다.

안 그래도 가뜩이나 해남적룡가와 함께 해남검파의 양대산맥인 해남마가의 급풍괘검 여진소에게 밀려서 하루가 다르게 입지가 좁아지고 있는 그이기에 더욱 그랬다.

"대가리에 쇠똥도 안 벗겨진 놈이 입만 살아서 헛소리를 지껄이는구나! 감히 사부를 핍박하는 되바라진 애송이를 어찌 제자의 도리로 그냥 두고 본단 말이더냐! 네 그 멍청한 사부가 그렇게 가르쳤는지 몰라도 나는 절대 그렇게 배우지 않았다!"

사람의 성격은 참으로 다양해서 화가 나서 언성을 높이는 사람이 있는 데 반해 언성을 높이다 보니 화가 나는 사람도 있다.

적사동은 후자였다.

처음에는 자리가 자리인 만큼 가급적 나대지 말고 엄중한 경고를 하는 선에서 끝내자는 생각이었으나, 언성을 높이다 보니 화가 화를 물렀다.

결국 분노에 지배된 그는 노골적으로 살기를 드러냈고, 가일층 격해진 감정 속에 칼을 뽑아서 정기룡을 겨누며 일갈했다.

"칼을 뽑아라! 과연 누가 더 제대로 배웠는지 무인답게 언변이 아니라 무공으로 결판내 보자!"

기실 다른 사람에겐 억지로 보일 수 있는 태도였으나, 그에겐 전혀 그렇지가 않았다.

무인은 어떤 상황에서도 말이 아니라 실력으로 증명해야 한다는 것이 그들, 해남검파의 철칙이기 때문이다.

그러나 정작 상대방인 정기룡은 기세등등하게 뽑아 든 적사동의 살벌한 칼끝 앞에서도 전혀 동요하지 않았다.

분명 분노했음에도 추호도 냉정함을 잃지 않고 있었다.

"나는 여기서 당신 손에 주리가 틀려서 죽을지언정, 내가 뱉어 낸 말은 한 치도 어김없는 사실임을 미리 밝혀 두겠다. 당신이 말하는 그 하늘 밖의 하늘이 바로 내 사부님이라고 생각하니까."

적사동이 내심 당황했다.

정기룡이 위협에 굴하지 않고 있으니, 이제 실력 행사가 아니면 다른 방도가 없는 것이다.

그런 그의 생각을 아는지 모르는지, 말을 끝낸 정기룡이 슬쩍 적윤과 현각대사 등 무림맹의 수뇌진을 둘러보며 정중히 물었다.

"제가 이 싸움에 나서도 되겠습니까?"

놀랍게도 이 순간, 정기룡은 변해 있었다.

애써 누르고 있던 혹은 감추고 있던 기세를 드러낸 것이다.

적윤을 비롯한 장내의 모두가 바로 그것을 느꼈다.

약관도 안 되어 보이는 앳된 청년인 정기룡은 자신의 기세를 갈무리할 수 있는 능력의 소유자였다.

즉, 최소한 반박귀진에 준하는 고수인 것이다.

적사동도 이내 감지했다.

그러나 기호지세(騎虎之勢)였다.

이젠 물러나고 싶어도 물러날 수가 없는 상황이었다.

"뭘 꾸물거리는 게냐? 어서 당장 칼을……!"

"누가 너더러 사부의 자존심까지 챙겨 주라 하더냐?"

적사동이 입을 벌린 채 굳어졌다.

적윤이 매서운 눈초리로 그를 바라보며 꾸짖은 것이다.

그리고 적윤이 다시 꾸짖었다.

"게다가 감히 여기가 어디고 누구 안전이라고 무턱대고 망나니처럼 칼을 뽑아? 정녕 네가 이 사부와 해남검파의 얼굴에 먹칠을 하겠다는 것이냐?"

"아, 아니, 저, 저는……!"

적사동이 당황해서 어쩔 줄 모르다가 다급히 칼을 거두고 물러나며 깊이 고개를 숙였다.

"죄송합니다, 사부님!"

그래도 적사동을 바라보는 적윤의 싸늘한 눈초리는 전혀 바뀌지 않았다.

적사동은 그걸 의식하며 두려움에 몸을 떨었다.

그의 사부인 적윤은 어지간하면 그에게 화를 내지 않지만,

일단 한번 화를 냈다 하면 그냥 넘어가는 법이 없었다.

그때 남궁유화가 급히 끼어들며 중재했다.

"그만두시지요. 지금 여기서 이런 문제로 실랑이하는 것은 이 자리를 마련해 준 설 공자에 대한 예의도 아니고 도리도 아닌 것 같습니다."

적윤은 묵묵히 고개를 끄덕이며 은연중에 현각대사를 비롯한 각대문파의 존장들을 둘러보았다.

다들 못내 착잡한 표정, 할 말이 많은 기색으로 그를 바라보고 있었다.

적윤은 멋쩍은 기색으로 공수하며 사과했다.

"불민한 제자 녀석이 괜한 분란을 조장해서 여러분들의 심려를 끼쳤구려. 미안하오. 이게 다 본인이 부덕이니, 부디 다들 너그럽게 이해 주길 바라오."

이렇게나 정중히 사과하는데, 누가 받아들이지 않을 것인가.

모두가 애써 웃는 낯으로 고개를 끄덕이며 수긍했다.

그 와중에 정기룡이 나서며 적윤을 향해 공수하고 고개를 숙였다.

"죄송합니다, 어르신. 제가 너무 미숙하고 용렬했습니다. 저야 백 번 욕을 먹어도 상관없지만, 사부님을 폄하하는 바람에 그만…… 젊은 혈기를 참지 못하고 그런 것이니, 너그럽게 이해해 주십시오."

적윤은 새삼 놀랐다. 적잖게 당황스럽기도 했다.

나이와 어울리지 않는 정중한 사과는 둘째 치고, 어느새 기세를 누른 정기룡은 처음 봤을 때처럼 앳된 소년의 모습으로 돌아가 있었다.

'설무백이라는 작자를 영웅심에 들떠서 나대기 좋아하는 일개 흑도로 본 내 생각이 틀렸다는 건가?'

적윤이 내심 그런 생각으로 그동안 가지고 있던 설무백에 대한 편견을 바꾸는 사이, 남궁유화가 나서며 물었다.

"본의 아니게 시간이 많이 지체되었습니다. 혹시 정 소협께서는 더 해 줄 말이 없나요?"

있었다.

정기룡이 말했다.

"사부님께서 전해 주시길 천사교의 총단이 자리한 야곡은 입구를 제외한 모든 지대가 깊고 험악해서 정면으로 치고 들어가는 것은 가급적 지양해야 할 일이니, 어렵더라도 다른 측면을 공략하는 것이 좋다고 하셨습니다."

남궁유화가 바로 알아들었다.

"무슨 말인지 알겠어요. 쥐를 몰아도 빠져나갈 구멍은 보면서 모는 것이 이치지요."

고개를 끄덕이며 수긍한 그녀는 이내 현각대사 등 주변의 명숙들을 둘러보며 의견을 물었다.

"저들에게 배수진을 치게 하는 것은 좋지 않으니, 설 공자의 말대로 다른 측면을 도모하는 것이 어떻겠습니까?"

모두가 바로 고개를 끄덕이며 동의했다.

"과연 옳은 판단이오."

"쥐도 구석에 몰리면 고양이를 무는 법이니, 그게 좋겠소."

현각대사가 남궁유화의 의견을 물었다.

"하면, 먼저 정찰대를 보내야겠구려?"

"아니요. 그럴 필요는 없을 것 같습니다."

가볍게 고개를 저은 남궁유화가 빙그레 웃는 낯으로 정기룡을 바라보며 재우쳐 물었다.

"안 그래요, 정 소협?"

정기룡이 어색하게 웃으며 바로 수긍했다.

"예, 그렇습니다. 그냥 출발하시면 됩니다. 사부님의 지시에 따라 벌써 우리 풍잔의 이매당 소속인 매자들이 정찰을 끝내 놓고 모처에서 기다리고 있습니다."

※

설무백의 지시에 따라 사전에 정찰을 나선 이매당의 매자들은 세 명이었다. 그리고 그들은 각기 다른 세 곳에 잠복한 상태로 무림맹의 고수들을 기다리고 있었다.

천사교의 비밀 총단이 자리한 야곡을 기점으로 좌우측면인 서쪽과 동쪽, 후방인 북쪽의 모처가 바로 그 세 곳이었다.

정기룡은 그중 후방의 모처로, 정확히는 야곡으로 이어진 가파른 비탈길과 대략 삼십여 장 떨어진 장소인 숲속으로 무림맹의 고수들을 안내했는데, 거기서 매복한 채로 그들을 기다리고 있던 사람은 바로 이매당의 당주인 귀매 사사무였다.

"백여 장이 넘는 절벽이라 어지간한 신법의 고수도 소리 없이 내려서는 것은 불가능하오. 해서 길을 찾았는데, 저기 보이는 저 고목을 기점으로 넝쿨이 늘어져 있소. 나약한 것들이 대부분이지만 개중에는 쓸 만한 것들도 다수니, 제법 골이 깊고 가파른 벼락이라고는 하나 별반 무리하지 않고도 소리 없이 내려갈 수 있을 거요. 다만 한 방향보다는 다방향의 기습이 효과적이니, 여기를 기점으로 하되 서쪽과 동쪽으로 적당한 인원을 나누길 바라오. 그쪽으로도 통로를 뚫어 놓았소."

사도의 설명이 끝나자, 남궁유아가 지목해 준 고목의 주변을 살피고 돌아와서 고개를 끄덕이는 것으로 모두에게 사사무의 말이 어김없는 사실임을 밝혀 주었다.

남궁유화가 그제야 저만치 불빛이 스며나는 계곡 쪽을 바라보는 채로 고개를 갸웃거렸다.

"우리가 가능하다면 저쪽도 가능한 사람이 있을 테죠. 그렇다면 사전에 저들도 후방이나 측면으로 공격해 오는 적이 있을 수 있다는 생각을 했을 텐데, 별도의 방비가 없다는 게 이상하군요."

합당한 의심이었고, 사사무 역시 그런 질문이 나올 줄 알았다는 듯 바로 대답했다.

"없지 않았소. 여기는 물론 다른 쪽도 별도의 방비가 구축되어 있었소."

"있었다는 건 지금은 없다는 뜻인가요?"

"그렇소. 경계도 있었고, 모종의 진법도 펼쳐져 있었는데, 우리가 이미 전부 다 제거해 놓았소."

남궁유화가 놀랐다.

"경계자는 그렇다 쳐도, 마교의 진법을 저들이 눈치채지 못할 정도로 은밀하게 제거했다는 건가요?"

단순한 놀라서 건네는 질문이 아니었다.

본의 아니게 미심쩍은 마음을 드러내는 질문이었다.

사사무는 대수롭지 않게 어깨를 으쓱이며 부연했다.

"그쪽 방면에 뛰어난 인재가 우리에게 있어서 그다지 어렵지 않았소."

"누구죠, 그 인재가?"

"내가 그것까지 알려 줄 의무는 없다고 생각하오만?"

"아, 미안해요."

남궁유화가 바로 사과했다.

집결해 있던 구대문파와 각대문파의 존장들 중에서 화산파의 신임장문인 적엽진인이 그들의 대화에 끼어들었다.

"진법이라면 위쪽만이 아니라 중간에도, 그리고 아래쪽에도 펼쳐져 있었을 것이 자명하니, 저 벼랑을 오르락내리락했다는 뜻인데, 아무리 생각해도 진법의 대가이면서 그처럼 뛰어난 은신술과 경신술을 겸비한 사람은 선뜻 떠오르지 않는구려. 외람되지만, 그 사람이 누군지 알려 주실 수는 없소?"

이건 무심결에 드러난 의심이 아니라 노골적으로 드러내는 의심이었다.

일을 그렇게 처리할 사람이 없다고 생각하는 것은 그게 가능하지 않다고 생각하는 것과 같은 것이다.

사사무가 그런 적엽진인의 속내를 읽은 듯 못내 불쾌한 내색을 하다가 이내 짧은 한숨을 내쉬며 대답해 주었다.

"그는 제갈세가의 후인이오. 다만 그는 신법에는 조예가 없어서 본인이 나서서 그를 도왔소."

적엽진인이 이채로운 눈빛으로 사사무를 바라보았다.

사사무가 그 정도의 능력자라는 사실이 쉽게 믿기지 않는다는 모습인데, 그보다 먼저 나서는 사람이 있었다.

아미파의 장문인 금정신니였다.

"그것 참 신기한 일이구려."

그는 노골적인 의심의 눈초리로 사사무를 훑어보며 말했다.

"낭추지추라, 주머니의 송곳이 밖으로 삐져나오지 않을 없는 법인데, 그대가 그 정도의 능력을 가진 사람이라면 왜 아직까지도 빈니가 모를까 싶소."

천하천의
주인

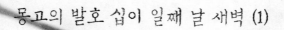

몽고의 발호 십이 일째 날 새벽 (1)

장내의 분위기가 싸하게 변했다.

옳고 그름을 떠나서 매사에 말을 돌리지 않고 까칠할 정도로 직설적인 성격의 금정신니다운 반론에 장내의 모두가 혹은 대부분이 동조하고 있다는 방증이었다.

사사무는 절로 이맛살을 찌푸렸다.

화를 내는 것이 아니라 난감하고 곤혹스러워서였다.

정말로 이 자리에 있는 모두가 그를 모르고 있다면 문제가 아니었다.

하지만 지금 이 자리에는 그를 아는 사람들이 있고, 그는 그들 앞에서 자신의 정체를 드러낼 수 없었다.

적어도 그게 자신을 키워 준 그들에 대한 최소한의 예의라고 그는 생각하고 있었다.

그러나 분명 그렇게 작심하고 있으면서도 그가 본의 아니게 슬쩍 무당파의 장문인 자허진인를 바라본 것은 그야말로 본능일 것이다.

자허진인은 애초에 그를 마주한 순간부터 뒤쪽에 빠져 있었다. 그리고 지금도 그의 시선을 외면했다.

오직 자허진인의 곁에 서 있는 청비와 엽운 등 무당십검의 다섯 사람만이 자못 냉정한 눈초리로 그를 주시하고 있을 뿐이었다.

그들은 또한 그들대로 어쩔 수 없는 일을 것이었다.

그들은 사사무의 정체를 알고 있으며, 실로 돌이킬 수 없는 애증의 관계인 것이다.

사사무가 도무지 해결할 답이 없어서 못내 전전긍긍하는 그때 구원자가 나타났다.

금정신니 곁에 시립해 있던 희여산이 눈치 빠르게 나서서 그를 도왔다.

"장문인, 어디에나 항상 예외라는 것이 있지 않습니까. 저 사람은 강호사에 밝은 장문인이 모를 정도로 세간에 알려지지 않은 인물이긴 하나, 그럼에도 불구하고 그럴 수 있는 능력을 가진 인물이기도 합니다. 제가 보증합니다."

"뭐, 그렇다면야……."

까칠한 성격의 금정신니가 두 말없이 수긍하며 물러났다.

다른 사람이라면 혹시 또 모를까, 상대가 희여산이었기 때문이다. 대외적으로 알려지진 않았으나, 그녀와 희여산은 같은 사부를 사사한 사매지간이었다.

"더 하실 말씀 없으시면 어서 인원을 나누지요?"

남궁유화가 적시에 나서서 어색한 분위기를 환기시키며 말했다.

다들 서로서로 눈치를 보았다.

워낙 중차대한의 일이라 감히 먼저 나설 엄두를 내지 못하는 것이다.

선뜻 나서는 사람이 없자, 현각대사가 각대문파의 명숙들을 둘러보며 제안했다.

"각대문파의 명숙들에게 후방인 이쪽을 맡기기로 하고. 빈승이 소림과 무당, 화산의 제자들을 꾸려서 서쪽을, 나머지 구대문파의 장문인들과 제자들이 동쪽을 맡는 게 어떻겠소?"

다들 이리저리 시선만 교환할 뿐, 반대는 고사하고 다른 의견을 내는 사람도 없었다.

사실을 말하자면 지금 이 자리에 집결한 구대문파의 존장들이나 각대문파의 명숙들 대부분은 아무래도 좋았다.

그들 대부분이 마교로 인해 막대한 피해를 입고 원한이 쌓인 사람들인지라 이유 여하를 막론하고 마교의 세력을 공격한다는 것 자체를 기꺼워하고 있었다.

특히 마교의 공격으로 본산이 무너진 화산파의 신임 장문인 적엽진인과 종남파의 장문인 부약도, 점창파 장문 대리 여진소 등과 그 제자들은 벌써부터 살기에 차서 다른 건 전혀 신경 쓰지 않고 전의를 불태우는 중이었다.

남궁유화가 그런 장내의 분위기를 빠르게 인지하며 모두를 대표하듯 나서서 말했다.

"별다른 의견이 없으시면 그렇게 결정하지요. 어차피 적의 내부로 진입한 다음에는 서로 교차되는 싸움이 벌어질 테니, 인원 배분이 크게 중요하지는 않을 겁니다."

역시나 다른 의견을 내는 사람은 없었다.

모두가 고개를 끄덕이며 수긍하는 분위기였다.

현각대사가 더 이상 재고의 여지가 없는 것으로 못을 박듯 남궁유화를 향해 말했다.

"공격 신호는 불필요할 것 같구려."

"예."

남궁유화가 바로 수긍하며 힘주어 부연했다.

"기습인 이상 최대한 은밀하게 많은 적을 살상하는 것이 기본이니, 따로 공격 신호를 정할 필요는 없습니다. 그저 어느 쪽의 누구든 적에게 발각되는 순간이 오면 모두가 일거에 모습을 드러내는 것으로 하지요. 그래야 적의 혼란이 더욱 가중될 테니까요."

현각대사가 모두를 향해 한손을 앞에 세우며 고개를 숙이는 소림사 특유의 합장했다.

"무운을 비오!"

모두가 따라서 공수하며 말했다.

"무운을 빕니다!"

기습은 그로부터 일 다향 후에 전격적으로 시작되었다.

그러나 본격적인 전면전이 시작된 것은 그로부터 다시 일 다향이 지난 다음이었다.

⚜

소림과 무당, 화산의 제자들을 인솔해서 야곡의 좌측인 동쪽으로 이동한 현각대사와 자허진인, 적엽진인은 사사무의 말대로 거기서 기다리고 있던 풍잔의 인물과 조우했다.

어깨가 넓은 장신에 낡은 마의를 포대처럼 걸치고, 챙이 넓은 방립을 깊게 눌러쓴 중년의 사내였다.

사사무의 경우처럼 방립의 사내가 누군지 알아보는 사람은 없었다. 이번에는 자허진인을 비롯한 무당파의 고수들도 그의 정체를 몰랐다.

그러나 다들 느낌은 한결 같았다.

다들 사사무를 마주했을 때처럼 방립의 사내 역시 실로 예사롭지 않은 고수임을 대번에 느낄 수 있었다.

"여기는 후방인 북쪽보다 아래로 뻗은 넝쿨이 적어서 여러 사람이 한꺼번에 내려가면 발각될 위험이 크오. 그러니 서로

간에 간격을 유지해야 하는데, 대략 서너 장에 한 명씩이 적당하오. 본인이 선두로 나설 테니, 뒤는 알아서 순서를 정하도록 하시오."

방립사내의 설명이 끝나기 무섭게 현각대사가 모두의 감정을 대신하듯 물었다.

"실례지만 대협의 이름이……? 무슨 다른 뜻이 있는 것은 아니고, 그저 함께 나서는 거라면 서로 간에 소통을 위해서라도 이름 정도는 알아야 할 것이 아니겠소."

방립사내가 짧게 대꾸했다.

"평생 무명인으로 살아왔소."

"하면, 별호라도……?"

"……금(金) 가라고 불러 주시오."

"알겠소, 금 대협."

현각대사가 바로 고개를 끄덕이며 수긍했다.

나직이 속삭이는 와중에도 약간이나마 목소리에 힘을 준 것은 주변의 모두가 들을 수 있도록 하기 위해서였다.

과연 주변의 모두가 제대로 들은 듯 고개를 끄덕이고 있었다.

그런데 정작 자신을 금 가라고 소개한 방립사내는 자신을 금 대협이라고 호칭하는 현각대사의 말을 듣고는 왠지 모르게 매우 거북한 기색이었다.

현각대사는 물론, 자허진인과 적엽진인 등도 그게 이상한 듯 은연중에 서로 눈빛으로 교환하는 참인데, 남궁유화가 그걸 전혀 느끼지 못한 사람처럼 나서며 서둘렀다.

"어느 분이 선두로 나서겠습니까?"

"제가……!"

"아니, 제가 하지요."

최근 화산파의 총아로 떠오른 무허가 화산칠검의 막내 무허가 앞으로 나서는 순간에 금 가라는 방립사내가 말을 자르고 나섰다.

무허가 바로 수긍하지 못하며 물었다.

"따로 이유가 있을까요?"

금 가가 대답했다.

"젊은 도사를 무시하는 게 아니오. 정상적인 싸움이라면 그쪽 젊은 도사가 낫지 싶지만 지금 상황에서는 내가 낫소. 사전에 적의 기미를 파악하고 적절히 대응하는 것은 지금 이 자리에서 나보다 낫다고 생각하는 사람은 몇 없을 것이오."

무뚝뚝한 어투에 자칫 광오한 느낌을 줄 수 있는 자부심이었다.

그에 대한 당연한 반응으로 각대문파의 명숙들 사이에서 불편한 기류가 흘렀다.

그런데 이채롭게도 무허가 순순히 수긍했다.

"알겠습니다. 그럼 모쪼록 잘 부탁하겠습니다."

무허가 아니라 다른 사람이었다면 적잖게 불편해하며 나서는 사람이 있었을지도 몰랐다.

하지만 상대는 무허였다.

화산파를 대표하는 검객들인 화산칠검의 하나이자, 화산제일검 경빈진인의 제자로, 차기 화산제일검의 자리를 차지할 검도고수라고 정평난 무허의 안목을 무시할 수 있는 사람은 적어도 여기 장내에는 없었다.

대신 금 가라는 방립인의 정체에 대한 호기심이 극대화되었다.

그 때문이었다.

금 가 방립인이 선두로 나서며 길을 재촉하는 와중임에도 장내의 모든 시선이 무허에게 쏠렸다.

다들 느낌상 순순히 인정하고 물러난 무허가 금 가 방립인의 정체를 안다고 판단한 것이다.

무허는 애써 모두의 시선을 무시했으나, 끝까지 무시할 수는 없었다.

화산파 장문인 적엽진인이 오히려 그보다 더 주변의 시선을 견디기 어려웠는지 나직이 물어 왔기 때문이다.

"아는 인물이더냐?"

"예."

무허는 마지못해 고개를 끄덕이자, 적엽자가 급히 다시 물었다.

"누구더냐?"

"전에 풍잔에 갔다가 우연히 봤는데, 금안혈승이 아닌가 합니다."

"⋯⋯!"

적엽진인이 화들짝 놀라서 눈이 커졌다.

그는 한층 더 나직해진 속삭임으로 확인했다.

"저자가 백마사의 주지라는 것이냐?"

무허는 주변의 눈치를 보며 고개를 저었다.

"지금은 아닙니다. 자세한 내막은 모르지만, 지금은 설 대협이 거느린 풍잔의 식구입니다."

"허허⋯⋯!"

적엽진인은 도통 모르겠다는 듯이 절레절레 고개를 젓다가 이내 평정을 되찾으며 거듭 확인했다.

"믿어도 되는 것이겠지?"

무허의 대답을 다른 사람이 가로챘다.

"두말하면 잔소리지요. 설 대협은 아무나 예하로 거느릴 사람이 아닙니다, 장문사형."

그들의 뒤에서 귀동냥을 하고 있던 멀쑥한 장신의 젊은 도사, 화산파의 일대제자이자, 화산칠검의 셋째인 유성검 이산이었다.

무허가 빙그레 웃으며 동의했다.

"삼사형의 말대로입니다, 장문사형."

적엽진인이 못내 침음을 흘리며 혀를 내둘렀다.

"그의 그릇은 실로 알다가도 모르겠구나. 화산검의 정화를 얻더라도 그를 배척하지 말라는 경빈 사부님의 말씀을 납득하기 어려웠는데, 이제야 조금 알 것도 같다."

무허가 묵묵히 고개를 끄덕이는 것으로 적엽진인의 감탄을 인정하는 한편, 두 눈을 냉정하게 빛내는 것으로 어쩔 수 없이 가슴에서 불타오르는 호승심을 드러냈다.

그때 저만치 앞서 나가던 방립의 사내, 금안혈승이 자세를 낮추며 나직한 목소리로 뒤를 따르는 모두에게 알렸다.

"여기서부터는 최대한 숨을 죽이시오."

까마득한 벼랑의 끝자락이었다.

아득하게 보이는 벼랑 아래에서는 불빛이 비치고 있었다.

희미하나 벼랑 아래를 가득 메우고 있는 불빛이 상당한 규모를 말해 주는 천사교의 비밀 총단이었다.

이제 막 벼랑의 끝에 도착해서 천사교의 비밀 총단을 내려다보는 동편의 일대와 달리 서편에 도착한 일대는 벌써 줄줄이 넝쿨을 타고 벼랑을 내려가고 있었다.

동편과 달리 쓸데없는 실랑이가 없었기에 가능한 일이었다.

서편의 모처에서 기다리고 있던 풍잔의 인물은 금안혈승과 마찬가지로 풍잔의 이매당 소속인 사도였는데, 아미파의 장문인 금정신니가 이끄는 서편의 일대에는 희여산과 남궁유아 등 그를 아는 인물이 다수였기 별다른 실랑이가 벌어질 이유가 없었다. 게다가 이쪽에는 점창파 장문대리인 급풍쾌검 여진소과 종남파의 장문인 부약도 등 마교의 세력에게 본산을 잃거나 막대한 피해를 본 구대문파의 수장들과 제자들이 대거 포진해 있었다.

그들은 안내자의 신분이나 정체 따위에는 아무런 관심이 없었다. 그들의 관심은 오직 천사교의 비밀 총단을 괴멸시키는 것에 집중되어 있었다.

아마도 그래서일 것이다.

최대한 은밀하게 행동해서 가급적 많은 적을 살상하자는 그들의 계획이 틀어졌다.

정확히는 종남파의 장문인 부약도의 과욕이 부른 실수였다.

한순간 마음이 너무 앞선 그는 미처 주변을 의식하지 못하는 바람에 적에게 발각당해 버렸다.

본디 야심이 만만한 맹검수하 부약도는 일찍이 종남파를 무림의 태산북두로 일컫는 소림이나 무당과 어깨를 나란히 하는 강성한 문파로 키우려는 포부를 가지고 있었다.

따라서 나름 부단한 노력으로 총력을 기울여서 길을 찾았고, 그게 허황된 꿈이 아니라 충분히 가능하다는 희망을 보았다.

그런데 분하고 억울하게도 하늘이 돕지 않았다.

예기치 않은 마교의 공격으로 말미암아 종남파의 본산이 무너지는 바람에 그간 그와 종남파가 각고의 노력으로 피땀 흘려 진행하던 꿈이 무참하게 망가져 버린 것이다.

그나마 불행 중 다행인 것은 기반마저 무너지지는 않았다는 사실이었다.

천만다행이게도 그가 종남파의 미래를 도모하던 계획의 핵심인 무공의 천재 무장천이 죽지 않고 살았다.

아직 희망의 불씨는 꺼지지 않은 것이다.

그러나 그럼에도 불구하고 마교에 대한 그의 원한은 실로 컸다.

불과 사오 년이면 완성이라고 생각하던 계획이 십 년, 아니, 어쩌면 수십 년 뒤로 후퇴해 버린 것은 불가항력이라고 쳐도, 자신의 대에서 수백의 제자들이 죽음을 맞이하며 종남파의 본산이 무너졌다는 사실은 도저히 참고 억누를 수 없이 뼈에 사무친 원한이었다.

그 바람에 그는 실수하고 말았다.

안목과 견문을 넓혀 준다는 목적 아래 동행한 무장천이 자신의 곁에 있었다는 사실을 잠시 망각해 버렸다.

어둠 속에 잠겼다가 아무런 기척도 없이 튀어 나가서 횃불이 밝혀진 이름 모를 전각의 문 앞에서 경계를 서고 있던 두 명의 마졸을 은밀하게 제거한 다음이었다.

'내가 대기하라고 지시했던가……?'

순식간에 전각의 그늘로 스며든 부약도는 그제야 무장천의 존재를 상기하며 앞서 자신이 은신해 있던 어둠속을 향해서, 정확히는 거기 어둠 속에서 기다리고 있어야 할 무장천을 향해 손을 내밀었다.

나서지 말라는 신호였다.

그러나 이미 늦어 버렸다.

무장천은 이미 그의 뒤를 따라나선 상태였다.

아직 제대로 숙련되지 않은 은신술로 인해 전각의 대문가에 꽂혀 있는 횃불에 그의 모습이 적나라하게 노출되었다.

돌이켜 보면 그 순간에 이미 무장천의 모습이 경계를 서는 적의 시선에 들어간 것 같았으나, 무장천은 거기서 멈추지 않고 한 번 더 무리수를 시전했다.

부약도가 전각의 입구를 지키던 두 명의 마졸을 제거하고 그 늘로 숨어든 이유는 전각의 위쪽에도, 정확히는 이 층의 난간 에도 경계가 있음을 인지했기 때문이다.

아직은 미숙한 은신술로 말미암아 이미 횃불에 노출된 무장 천이 그 이 층의 난간에서 경계를 서던 경계를 노렸다.

그게 결정적인 실수였다.

촤악―!

일순 도약한 무장천은 이 층의 난간에서 경계를 서는 마졸의 목을 베는 데는 성공했다.

그러나 마졸의 머리가 떨어지고 붉은 핏물이 사방으로 후두 둑 튀기는 그 순간, 지근거리에 있는 다른 전각의 이 층이나 삼층 혹은 지붕에서 경계를 서던 마졸의 이목이 쏠렸다.

"적이다!"

"적의 기습이다!"

경호성이 터졌다.

천사교의 비밀 총단은 이런 기습에 매우 철저하게 대비되어 있는 같았다.

삽시간에 사방에서 경호성이 터지고 경종이 울리며 사방팔 방에 횃불이 밝혀지고 있었다.

잠들었던 천사교가 깨어난 것이다.

다만 횃불은 필요 없었다.

은밀함을 버린 무림맹의 고수들이 너 나 할 것이 없이 모두 가 불을 지르기 시작했기 때문이다.

후방을 기점으로 사방에서 불길이 치솟았다.

천사교의 영내가 불바다로 변하는 것은 그야말로 시간문제 로 보였다.

"또냐?"

본디 새벽잠이 없어서 늘 그렇듯 동이 트기 전에 일어난 천 사교주는 자신의 거처에 있는 연공실에서 운기조식을 하다가 경종이 울리는 소리에 깨어났다. 그리고 다급히 달려와서 적의 침입을 알리는 수하의 보고를 받고는 크게 오해했다.

지난번에 연이어 당한 것처럼 혈가의 혈뇌사야가 기습한 것이라고 판단한 것이다.

"아, 그게 아니라……!"

다행히도 적의 기습을 보고한 수하는 제법 눈치가 빠른 자여서 분노하는 천사교주의 오해를 바로 간파했다.

"혈가가 아니라 무림맹입니다!"

"무림맹이……?"

천사교주는 어리둥절해하며 서둘러 대청으로 나갔다.

때마침 부교주인 마안귀옹 장요와 그의 장자방격인 자면신군 등 천사교의 요인들이 우르르 대청으로 들어서고 있었다.

"무림맹이라고?"

"예, 무림맹입니다!"

"무림맹이 왜?"

자면신군의 대답을 들은 천사교주는 도통 이해할 수 없다는 표정을 드러내며 재우쳐 물었다.

"그들이 지금 움직일 여력이 되나?"

무리맹은 점창파와 종남파 등 구대문파에 속한 명문들의 연이은 몰락으로 말미암아 마교총단의 눈치를 보기에도 바쁜 자들이었다.

또 어디가 당할지 몰라서 전전긍긍하며 쥐새끼처럼 웅크리고 있던 자들이 대체 무슨 바람이 불어서 감히 천사교를 공격한단 말인가.

다만 그에 대한 대답은 매사에 자신만만하던 그의 장자방인 자면신군도 제대로 내놓지 못했다.

아니, 사실을 말하자면 지금은 그걸 따질 계제가 아니었다.

이유 여하를 막론하고 지금은 이것저것 따지기에 앞서 결정을 내려야 할 때였다.

적의 인원은 그리 많아 보이지 않지만, 하나같이 고수들이라는 보고를 이미 받은 까닭에 머뭇거릴 여유가 없었다.

"사태가 급합니다, 교주. 이유를 따지게 앞서 조치를 취하시는 것이 먼저입니다."

너무나도 당연한 말이었다.

그러나 천사교주는 기분이 상해서 울컥했다.

안 그래도 혈뇌사야의 연이은 공격에 벌써 총단을 세 번째 옮긴 것도 짜증이 나서 죽을 지경인데, 한 수 가르쳐 준다는 식으로 말하는 자면신군의 태도가 그의 비위를 건드린 것이다.

"사태가 급하다니? 지금 우리 천사교가 고작 언제 죽을지 모르는 늙은이들과 같잖은 애송들이 작당한 무림맹 따위의 공격을 두려워해야 할 정도로 나약하다는 건가?"

"……!"

천사교주의 분노에 모두가 당황했다.

찔끔하고 소침해져서 고개를 숙이는 사람이 대부분이었다.

하지만 자면신군은 달랐다.

다른 누구보다도 작금의 천사교주가 무엇을 두려워하는지 잘 아는 그는 냉정을 유지할 수 있었다.

"그런 뜻이 아닙니다, 교주. 지금 무림맹을 막는 것은 작은 일이나, 저들의 뒤에 우리가 예측하지 못하는 배후가 있을 수도 있기에 드리는 말씀입니다. 상식을 벗어난 행동을 하는 자에게는 그만한 이유가 있는 것 아니겠습니까."

일순 감정이 상해서 울컥했으나, 평소의 천사교주는 심지가 깊고 더없이 냉철한 인물이었다.

대번에 자면신군이 말하고자 하는 바를 깨달은 그는 애써 평정심을 되찾으며 물었다.

"혈뇌사야 그놈이 아무리 나를 못 잡아먹어서 안달이 났다고 해도 무림맹과 손잡을 리가 있나?"

"손은 잡고 잡지 않고는 전혀 문제가 되지 않습니다. 그자는 무림맹이 우리를 기습한다는 사실을 알기만 한다면 얼마든지 앞뒤 가리지 않고 우리의 뒤를 노릴 자입니다."

"젠장!"

천사교주가 욕설을 뱉어 내며 신경질을 부리듯 인정했다.

"과연 그럴 수 있는 놈이긴 하지, 그 미친놈이!"

자면신군은 여기서 멈추지 않고 경고를 더했다.

"게다가 문제는 그자만이 아닙니다."

"또 누가 더 있다는 거지?"

"풍잔의 설 가 애송이도 있지요. 사실 지금으로서는 혈뇌사야보다 그자가 더 의심스럽습니다. 일전에도 말씀드렸다시피 그자는 이제 더 이상 무시할 만한 존재가 아닙니다, 교주."

천사교주는 찬물을 들이켠 것처럼 서늘하게 가슴이 식었다. 이제야말로 거짓말처럼 냉정을 되찾은 그는 두 눈을 차갑게 빛내며 예리하게 물었다.

"자면 네가 우려하는 것은 방어를 할 수 있다 없다가 아니라 전력의 손상이겠지?"

자면신군이 여부가 있겠냐는 듯 바로 고개를 끄덕이며 대답했다.

"그렇습니다. 무림맹이 후면과 측면의 절진을 파훼하고 기습한 것은 실로 갸륵하나 여전히 우리의 상대는 아닙니다. 그저 저들을 처리하고 난 이후의 일들이 걱정될 뿐이지요."

천사교주는 자신도 같은 생각인지라 더 묻지 않고 사태를 보다 명확히 파악하는 데 주력했다.

"외부로 나가 있는 우리의 전력이 얼마나 되지?"

"오대원로의 둘과 십이신군의 셋을 포함해서 대략 삼 할가량입니다."

"마령은?"

"아직 돌아오지 않았습니다."

"이대로 싸운다면 어느 정도의 손해가 예상되나?"

"무림맹만이 상대라면 우리가 입을 손해는 미비하리라 봅니다. 실로 일 할도 많을 겁니다. 다만 배후가 있고, 그들이 혈가

나 혹은 풍잔이라면 지금 영내의 병력만으로는 이래저래 불가피하게 오 할의 피해는 감수해야 한다고 판단됩니다."

"오 할이나……?"

천사교주는 놀랐다.

자면신군이 거듭 강변했다.

"혈가의 저력은 잘 아실 테니 각설하고, 설 가의 예하인 풍잔도 그리 만만하지 않습니다."

"아무리 그래도 그렇지……."

"이건 지극히 개인적인 소견입니다만, 그간의 그자의 행보를 종합해 보면 풍잔은 결코 소림이나 무당의 아래가 아닙니다. 그리고 오늘 나선 무림맹에 속한 소림이나 무당의 제자는 극히 일부분에 지나지 않을 테지만, 그자가 나선다면 풍잔의 전력을 동원하리라는 것이 저의 판단입니다."

"끙!"

천사교주가 절로 앓는 소리를 내고는 정말이지 싫다는 표정을 지으며 투덜거렸다.

"이런 염병할……! 총단을 또 옮겨야 하다니……!"

그러나 자면신군의 의견은 그게 다가 아니었다.

"그것만이 아니라, 적어도 병력의 일 할은 버리셔야 합니다. 안 그러면 가는 길목에서 마주칠 복병만이 아니라 꼬리를 잡고 늘어지는 무림맹까지 상대해야 할 테니까요."

"저 개 같은 무림맹의 종자들을 처리하고 떠나면 늦을까?"

얼마나 분하고 억울한지, 천사교주는 일파의 종주씩이나 되는 사람답지 않게 거친 쌍소리를 뱉어 내며 이를 갈고 있었다.

　자면신군도 그 마음을 이해 못하는 바는 아니었으나, 다른 도리는 떠오르지 않아서 곤혹스러운 표정을 지으며 깊이 고개를 숙였다.

　"죄송합니다!"

　완곡한 부정이었다.

　천사교주는 밖에서 들려오는 격전의 소음이 점차 커지고 넓게 확산되는 것을 의식하며 고개를 돌려서 싸늘한 눈초리로 한 사람을 바라보았다.

　체구는 작은데 머리는 기형적으로 커서 묘하게 우스꽝스러운 외모인 반백의 노인, 천사교의 오인원로 중 한 사람인 마운귀자(魔雲鬼子) 요인충(姚鱗蟲)이었다.

　그 요인충이 싸늘한 천사교주의 시선에 흠칫 놀라며 몸서리를 쳤다.

　무언가 좋지 않은 기운을 직감한 반응인데, 과연 그랬다.

　"기문둔갑(奇門遁甲)이 가미된 마정쇄곤진(魔情煞袞陳)의 정수라서 전대의 기인인 귀곡자(鬼谷子)가 와도 절대 깨지 못할 기문진법이라고?"

　여기 천사교의 비밀 총단이 자리 잡은 야곡의 후면과 좌우측면에 설치되었던 기문진이 바로 마정쇄곤진이었다. 그리고 그걸 설치한 사람이 바로 오인원로 중에서 가장 뛰어난 지낭으로 평가받는 마운귀자 요인충이었던 것이다.

"사, 사실입니다, 교주! 처, 천하의 누가 평가해도 마, 마정쇄곤진은 틀림없이……!"

"귀찮으니까, 그따위 변명은 나중에 지옥에 가서나 하고, 지금은 그냥 죽어라!"

말보다 빨리 아무런 사전 동작도 없이 움직인 천사교주의 손이 순식간에 요인충의 목을 움켜잡았다.

"컥!"

요인충의 얼굴이 대번에 시뻘겋게 변하다가 다시 시퍼렇다 못해 시커멓게 바뀌었었다.

천사교주는 그러거나 말거나 사정없이 그의 목을 옥죈 손을 쳐들었다.

요인충이 공중에 떠서 바동거리다가 '으드득' 하고 뼈가 바스러지는 소리와 함께 거무죽죽한 혀를 길게 빼물었고, 이내 그 얼굴은 몸통과 분리되며 왈칵 피를 쏟아 냈다.

대체 어떤 기공을 사용한 것인지는 모르겠으나, 천사교에서 손가락에 꼽히는 절대고수가 고작 맨손의 완력에 목이 끊어져서 죽어 버린 것이다.

"같잖은 놈!"

천사교주는 그래도 성이 안 차는지 수중에 들린 요인충의 머리를 바닥에 떨어뜨려서 발로 밟아 수작처럼 터트려 버렸다.

붉은 피와 허연 뇌수가 사방으로 튀었으나, 장내에 있던 그 누구도 피하거나 막지 않았다.

여차하면 자신의 머리도 수박처럼 터져 버릴 것이라는 두려움이 꼼짝도 못하게 했다.

천사교주는 이에 아랑곳하지 않고 이제야 조금 기분이 풀린 듯 자면신군을 향해 웃는 낯으로 물었다.

"지금 애들 지휘는 부교주가 하고 있나?"

"예, 무상과 최염(崔炎) 원로, 그리고 백사신군 등 영내에 있던 여덟 명의 신군들이 전부 나섰습니다."

"적의 인원은?"

"대략 사오백으로 추정되는데, 하나같이 각대문파의 명숙 이상인 특급의 고수들로 확인되었습니다."

"염병……!"

천사교주는 거듭 일파의 종주답지 않은 쌍욕을 흘리며 투덜대고는 잠시 생각에 잠겼다.

천사교의 부교주인 마안귀옹 장요와 무상인 아수권마 유백, 그리고 방금 죽은 마운귀자 요인풍과 마찬가지로 오인원로 중 하나인 백귀혈마(白鬼血魔) 최염, 그리고 십이신군의 여덟이 나섰다면 제아무리 무림맹이 각대문파의 명숙만 이끌고 왔다고 해도 짧으면 한 시진, 길어도 두시진 이내에 사태를 수습하고 적을 섬멸시킬 수 있다는 것이 그의 생각이었다.

다만 아쉽게도, 아니, 분하고 억울해서 치가 떨리게도 지금은 그 시간이 허락되지 않으니, 어쩔 수 없이 자면신군의 말에 따라 그중에서 버릴 인원을 추려야 하는 것이다.

"빌어먹을……!"

천사교주는 거듭 욕설을 뱉어 내며 이를 갈았다. 그리고 이내 자면신군을 바라보며 씹어뱉듯 말했다.

"여기는 부교주 장요에게 맡긴다! 나머지는 자면 네가 알아서 추려서 불러 드리고, 어서 당장 철수 준비해!"

❦

종남파의 장문인 맹검수사 부약도의 망각과 신예 무장천의 무리수는 실로 아쉬웠으나, 그 이후에 벌어진 무림맹의 대처는 나쁘지 않았다.

경호성이 터지고, 경종이 울리며 사방에서 횃불이 밝혀지기 시작하자, 무림맹의 고수들은 사전에 약속한 바 그대로 일제히 숨죽인 은밀함을 버리고 과감히 신속함을 선택했다. 그리고 그 선두에는 부약도와 함께 잠입했으나, 다른 방향을 택해서 이동하던 점창파의 장문 대리 급풍쾌검 여진소가 있었다.

"더는 눈치 볼 것 없다! 쳐라!"

급풍쾌검 여진소는 평소 거칠고 급한 성격이긴 해도 살기가 짙은 위인은 아니었다.

그러나 오늘은 달랐다.

종남파의 부약도와 마찬가지로 마교를 상대로 뜨거운 복수심에 불타는 사람이 그였다.

게다가 그는 장문 대리를 수행하기 이전부터 점창파의 제자들 중에서 거의 유일하게 명실공히 점창파의 절대비 기라는 회풍무류사십팔검보다 한 단계 아래의 검법으로 취급받는 회선구류십삼검(回旋九流十三劍)에 더 주력해서 상당한 조예를 이룬 사람이었다.

그래서였다.

무림맹의 기습이 발각되는 바람에 은밀함을 버리는 순간부터 특유의 거칠고 사나운 성정을 드러낸 그의 발길은 피와 살점으로 점철되었다.

회풍무류사십팔검이 장거리의 대전에 유리한 비검술이라면 회선구류십삼검은 근접전에 특화된 검법인 까닭이었다.

그런데 그런 그와 그다지 멀리 떨어지지 않은 거리에서 그만큼이나 살벌한 칼질로 적을 도륙하는 노도사가 하나 있었다.

"크악!"

여진소는 투박한 듯 매끄러운 점창파 특유의 검초와 검기를 발휘해서 적의 가슴을 베어 넘기는 와중에 슬쩍 시선을 돌려서 노도사의 정체를 확인했다.

공동파의 장로인 현천상인이었다.

'별호가 삼안이심(三眼二心)이던가?'

세 개의 눈과 두 개의 마음을 가진 사람이라는 뜻이다.

그만큼 상대의 공격을 잘 파악한다는 뜻이고, 또한 그만큼

다양하고 현란한 검초를 구사한다는 뜻을 내포한 별호이다.

여진소는 은근히 경쟁심이 불타올랐다.

연배를 따지면 현천상인이 그보다 한참 위이긴 하나, 그와 별개로 일개 장로에게 질 수는 없다는 생각이었다.

아무리 같은 구대문파의 장로라지만 그는 엄연히 장문인을 대리하는 입장인 것이다.

'질 수 없지!'

여진소가 불끈 치솟는 오기에 힘입어 전신의 공력을 끌어 올릴 때였다.

적 하나의 목을 베어 버린 현천상인이 갑작스럽게 옆으로 굴렀다.

기실 강호무림에서는 제아무리 난감한 위기가 닥쳐도 바닥을 구르는 것을 기피한다.

싸우는 도중에 몸을 땅바닥에 굴려서 적의 공격을 피하는 수법은 나려타곤이라고 하며, 이는 게으른 당나귀가 땅바닥을 구른다는 뜻으로, 달리 피할 방법도 없고, 막아 낼 여력도 없을 때 사용하는 방법 중에 하나인데, 극히 저급한 방법으로 여겨져서 고수들 간에서는 더할 나위 없는 수치로 여겨지는 것이다.

'그런데 왜……?'

여진소가 어리둥절해하는 순간과 동시에 그 답이 나타났다.

슈칵-!

간발의 차이로 현천상인이 서 있던 땅바닥이 길게 갈라졌다. 빛살처럼 빠르게 쇄도한 경기의 흔적이었다.

그다음에 그 경기를 일으킨 칼의 모습이 드러나고, 다시 그 뒤로 백의노인이 홀연히 나타났다.

"뒷구멍으로 들어온 쥐새끼치고는 제법이네?"

백의노인이 조소했다.

어깨로 너머로 길게 늘어진 백발머리에 호리호리한 체구, 이목구비가 오밀조밀하게 몰린 삼각형의 얼굴에 뱀처럼 작은 눈이 매우 이채로웠다.

여진소가 엄중하고 엄밀한 백의노인의 기세에 놀라서 내심 '누구지?' 하며 고개를 갸웃하는 사이, 백의노인의 정체가 드러났다.

"백사신군 어른!"

백의노인의 공격을 피해서 현천상인이 물러나는 바람에 목숨을 건진 마졸 하나가 부르짖고 있었다.

백의노인은 바로 천사교주를 최측근에서 보필하는 십이신군의 하나인 백사신군인 것이다.

"……!"

놀란 여진소의 눈이 절로 커졌다.

그사이, 땅바닥을 고랑처럼 깊고 길게 긁어 놓은 백사신군의 칼끝이 저편으로 구르는 현천상인을 향해 쾌속하게 돌려지고 있었다.

콱! 콱! 콱―!

현천상인이 굴러가는 길을 따라서 붉은 점이 줄지어 박혀들었다.

백사신군이 찔러 대는 칼끝이 연속해서 간발의 차이로 바닥을 찌르며 현천상인을 따라가는 것이다.

"놈!"

여진소는 그제야 퍼뜩 정신을 차리며 지체 없이 신형을 날려서 현천상인을 따라가는 백사신군을 공격했다.

"이건 또 무슨 물건이야?"

백사신군이 코웃음을 치며 능숙하고 자연스럽게 칼끝을 돌려서 여진소의 검을 막았다.

캉─!

거친 금속성이 터졌다.

불꽃이 튀며, 조각난 강기가 그 속에 섞여서 사방으로 비산했다.

백사신군이 주춤 뒤로 한 걸음 물러났다.

여진소도 격돌의 여파에 밀려서 한 걸음 뒤로 물러나고 있었다.

백사신군의 얼굴에 드리워졌던 웃음이 일그러졌다.

"점창파?"

여진소는 오랜 수련의 결과로 부드럽게 정제된 동작으로 검을 당기고 다시 앞으로 내밀어 호신의 자세를 취하며 대답했다.

"점창의 여진소다!"

백사신군이 눈빛이 약간 달라졌다.

여진소가 점창파의 장문 대리임을 아는 눈치인데, 입가에 미소가 번지고 있었다.

맛있는 사냥감을 마주한 기쁨의 미소로 보였다.

그때 여진소의 개입으로 위기를 벗어나서 날아오른 현천상인이 그들의 곁으로 내려서며 백사신군에게 살기 어린 검극을 겨누었다.

"허락도 없이 뒤를 노렸으면 이제 대가를 치러야겠지?"

백사신군이 피식 웃는 낯으로 여진소와 현천상인을 번갈아 보며 수중의 칼을 쳐들었다.

살기가 비등했다.

"이제 좀 싸움이 될 것 같군. ㅎㅎㅎ……!"

종남파의 부약도와 점창파의 여진소가 이번 무림맹의 기습에 참가한 인물들 중에서 가장 복수심에 불타는 인물들이라면 누가 뭐래다 가장 살기가 넘치는 인물은 빙녀 희여산이었다.

그리고 거기에는 나름의 이유가 있었다.

희여산은 매사에 한 번으로 족한 말을 두 번 하지 않을 정도로 무뚝뚝하고, 어지간하면 그 한 번의 말도 아낄 만큼 과묵해서 태생적으로 냉정한 성정의 소유자라는 말을 듣는 여자였다.

빙녀라는 그녀의 별호가 괜히 붙은 것이 아닌 것이다.

그러던 그녀가 얼마 전부터 더욱 차갑고 냉담해졌다.

아는 사람은 아는 얘기지만, 거기엔 나름의 이유가 있었다.

태양신마를 통해서 전해 받은 조부모의 신공이기를, 바로 빙백신군 희산월의 빙백신공과 관외옥녀 해사의 옥로진기를 수련하기 시작하면서 그렇게 되었다.

희산월의 성명절기인 빙백신공과 해사의 성명절기인 옥로진기는 공히 천하에 산제한 음한지공의 정수라고 해도 절대 과언이 아닌 신공이기였고, 태생적으로 냉정한 성격인 희여산과 정말 잘 어울렸다.

그 덕분에 무공의 경지가 빠르게 성장하는 특혜를 누렸는데, 그 와중에 차갑고 냉정한 그녀의 성정 또한 보다 더 강화되었다.

요컨대, 무공의 싸늘한 기풍이 냉정한 그녀의 성정을 강화시켰고, 그에 따라 그녀가 살심을 품을 경우 가히 상상조차하기 어려울 정도의 살기가 표출되는 것이다.

희여산은 그래서 지금 엄청난 살기를 발산하며 천사교의 영내 깊숙한 곳까지 돌파해서 싸우는 중이었다.

그런 그녀의 뒤에는 아미파의 장문인 금정신니와 이번에 대장로의 지위에 오른 혜월신니 등 아미파의 제자들이 따르고 있었다.

원래는 그녀가 뒤를 따랐으나, 그녀의 신위에 놀란, 그리고 이내 인정한 금정신니가 선두를 내준 것이었다.

그런데 한순간 질풍노도처럼 적진을 헤집는 희여산의 시야로 묘한 실랑이를 벌이는 두 사람이 들어왔다.

범강장달이 무색한 장신의 흑의중늙은이와 염소수염을 기른 강퍅한 인상에 적포노인이 옥신각신 언쟁을 벌이며 서로가 서로의 소매를 잡은 채 당기고 뿌리치는 실랑이였다.

그때 강호사에 밝은 금정신니가 그들 중 한 사람의 정체를 알아보았다.

"저 노괴가 아직도 살아 있다니, 정말 놀랍구나. 저 흑의중늙은이는 바로 사망시괴(死亡屍怪) 조훼(祖卉)다. 죽었다고 알려졌는데, 죽지 않고 마도의 무리에 섞여서 기식하고 있었구나."

희여산의 두 눈이 한층 더 진해진 살기로 빛났다.

얼굴은 몰라도 별호는 들어서 익히 잘 알고 있었다.

사망시괴라면 근 백 년 전에 강호무림도상에서 악명을 떨치던 마두였고, 백 번 죽어 마땅한 죄를 밥 먹듯이 저지른 악행으로 유명한 자였다.

순간, 그런 생각과 동시에 그녀의 신형이 구름처럼 두둥실 떠올랐다.

순식간에 삼십여 장의 거리를 가로지른 그녀의 신형이 이유모를 실랑이를 벌이고 있는 흑의중늙은이와 정체불명의 적포노인 곁으로 내려서고 있었다.

흑포중늙은이가 흠칫 놀라서 적포노인의 소매를 놓고 물러나며 희여산을 노려보았다.

"네년은 누구냐?"

희여산은 짧게 되물었다.

"사망시괴?"

흑포중늙은이의 안색이 변했다.

그가 금정신니의 예상대로 사망시괴라는 방증이었다.

희여산은 그제야 적포노인에게 시선을 주었다.

"사망시괴라는 이름값을 한다고 치면 그쪽 늙은이는 그보다
더 대단한 악인이겠지. 저 인간에게 극진히 대우를 받는 모습
으로 보였으니까."

사실이었다.

사망시괴는 적포노인의 소매를 잡고 뒤로 끄는 중이었고, 적
포노인은 그런 사망시괴의 손길을 뿌리치고 있었는데, 그 와중
에 드러난 그들의 태도가 그들의 관계를 말해 주었다.

거칠게 뿌리치는 적포노인의 태도에도 불구하고 사망시괴가
더없이 극진했던 것이다.

"맞아, 틀려?"

희여산이 사내처럼 픽 웃으며 재우쳐 확인하자, 적포노인이
비릿한 미소를 입가에 그렸다.

"이거 아주 재밌는 계집이네?"

적포노인을 바라보는 희여산의 눈가가 좁아졌다.

"나를 아는구나?"

"이런 미친년이……!"

사망시괴가 눈을 부라리고 쌍소리를 뱉어 내며 나서다가 그대로 슬며시 굳어져 버렸다.

희여산을 따라온 금정신니와 혜월신니를 포함한 열두 명의 아미파 제자가 그 순간에 그들의 곁으로 내려섰던 것이다.

그리고 금정신니가 흑포노인을 쳐다보며 말했다.

"가까이서 보니 이 물건도 알 만한 종자였군. 마안귀옹 장요라는 천사교의 부교주가 당신이지?"

"그래, 노부가 바로 마안귀옹 장 아무개다. 노부가 누군지 알면서도 이리 들이대다니, 아미파에서는 겁 대가리를 상실하는 약이라도 먹고 이 싸움에 나선 건가?"

흑포노인이 비틀린 미소를 지은 채 금정신니의 말을 인정하고 비아냥거리며 거친 욕설로 위협했다.

"그래, 어느 년 가랑이부터 찢어 주랴?"

"쯔쯔, 저 썩은 주둥이를 어이할고……!"

금정신니가 짧은 한숨 뒤로 혀를 차며 탄식했다.

그러는 와중에도 한손에는 아미파 특유의 낭창거리는 유엽검을 쳐들어서 아미검의 태세를 갖추고, 다른 한손에는 아미파의 장문영부이지만 암기이기도 한 청록의 백팔염주인 서천보살자(西天菩薩子)를 움켜쥐는 것은 그녀가 실로 장요를 무시하지 않고 있다는 방증일 것이다.

그러나 선공을 취한 것은 언쟁을 벌이며 대치한 그들, 두 사람이 아니라 희여산이었다.

쩌저저저적—!

아무런 행동도, 기척도 없었으나, 느닷없이 북풍한설보다도 더 싸늘한 바람이 장내를 감싸고, 일대의 바닥에 하얀 서릿발이 깔리며 순식간에 얼어붙었다.

희여산의 빙백신공이었다.

찰나지간, 죽음과도 같은 침묵과 정막이 장내를 잠식했다.

그사이에 재차 서릿발처럼 불어온 싸늘한 바람이 튀기 직전의 메뚜기처럼 웅크린 장내의 모두를 격동시켰다.

장내가 아수라장으로 변해 버리는 것은 그야말로 순신간의 일이었다.

몽고의 발호 십이 일째 날 새벽 (2)

무언가 상황이 묘하게 정상적이지 않게 돌아가고 있다는 것을 가장 먼저 느낀 것은 바로 남궁유화였다.

현각대사의 뒤를 따르며 알게 모르게 남궁유아의 비호를 받고 있던 그녀는 경계가 터지고 경종이 발해지는 순간, 모든 무림맹의 고수들이 기다렸다는 듯 함성을 내지르고 지체 없이 불을 지르기 시작하는 상황을 목도하며 매우 만족하고 있었다.

누가 어디서 적의 경계에 들켰는지는 모르겠으나, 무림맹의 고수들 모두가 사전에 정해진 계획을 철저하게 이행하고 있었기 때문이다.

그런데 그다음의 상황이 묘했다.

무림맹의 기습이 드러나면 곧바로 전세가 전면전의 양상으로 변하는 가운데, 천사교주를 비롯한 적의 수뇌들이 모습을 드러내리라는 것이 그녀의 예측이었다.

그러나 그런 그녀의 예측이 빗나가고 있었다. 적잖은 마졸들이 우르르 몰려나와서 그들의 앞을 막고는 있지만 천사교주는 둘째 치고, 눈에 띄는 고수조차 보이지 않았다.

분명 그들의 기습에 대한 대처는 나무랄 때 없었다.

마교를 구성하는 핵심 세력 중 하나답게 빠르고 기민하게 대처하고 있었다.

하지만 그게 다였다.

이건 그녀가 예측하는 천사교의 대응에 한참 부족한 것이다.

'설마 여길 버리나?'

남궁유화는 생각이 많아지며 머리가 복잡해졌다.

그런데 그때 복잡한 그녀의 머리를 더욱 복잡하게 만들어 버리는 사태가 벌어졌다.

거물이 나타난 것이다.

"소림과 무당인가?"

매우 당황한 모습으로 우왕좌왕하며 그들을 공격하거나 또는 물러나던 마졸들이 좌우로 갈라지며 실로 범상치 않은 기도의 마의노인 하나가 모습을 드러냈다.

마의노인의 뒤에는 네 명의 흑의노인이 따르고 있었는데, 그들 역시 하나같이 마의노인과 비교해서 절대 꿀리지 않을 정도로 범상치 않은 기도를 풍기고 있었다.

남궁유화는 절로 혼란스러워져서 안색이 굳어졌다.

마의노인의 정체를 알아봤기 때문이다.

작은 체구에 원숭이처럼 기형적으로 긴 두 팔과 넓은 이마를 받치고 있는 두 눈이 크고 작은 짝짝인 것이 그의 정체를 말해 주고 있었다.

천사교에서 이 정도 기도에 저런 독특한 외모를 가진 자는 부교주인 마안귀옹 장요밖에 없었다.

게다가 그녀는 장요의 뒤에 시립한 노인들 중 하나의 정체로 어렵지 않게 알아볼 수 있었다.

천사교의 원로 중 하나로 알려진 전대의 거마, 음풍유마 소이광이 바로 그 하나였다.

'그렇다는 것은……!'

소이광과 같이 서 있는 세 명의 노인도 누군지는 몰라도 그에 버금가는 마두들이라는 뜻이었다.

"아닌가?"

남궁유화는 몹시도 헷갈렸다.

이래서야 천사교주가 여기 비밀 총단을 버리려는 것인지도 모른다고 생각한 그녀의 의심이 무색해지는 것이다.

그때 대뜸 악을 쓰며 나서서 가뜩이나 복잡해진 그녀의 생각을 방해하는 사람이 있었다.

"여기 화산파도 있다!"

화산파의 장문인 적엽진인이었다.

상대, 마의노인이 소림과 무당만을 언급한 것에 자존심이 상한 것처럼 그가 마치 치기 어린 어린아이처럼 화를 내며 소리친 것이다.

'아무리 그래도 그렇지……?'

일시에 모든 상념이 날아가 버린 남궁유화는 안 그러던 사람이 왜 그러나 싶고, 유치해도 이렇게 유치할 수 있나 싶어서 절로 이맛살을 찌푸리며 적엽진인을 바라보았다.

그리고 그제야 안 그러던 사람이 왜 이러는 건지 대번에 이해할 수 있었다.

발끈한 것처럼 소리친 적엽진인이 정작 자신은 나설 기미도 없어 슬쩍 무허의 옆구리를 찌르는 모습이 그녀의 눈에 들어왔다.

적엽진인은 소림과 무당의 장문인들 앞에서 화산의 총아인 무허를 드러내고 싶은 것이다.

무허도 마다하지 않았다.

무허는 애써 낯부끄러움을 감수한 적엽진인의 마음을 이해하고 수긍하는 듯 기꺼이 검을 쳐들며 앞으로 나섰다.

"빈도는 화산의 무허다! 지난날 본산을 더럽힌 원한을 갚고자 하니, 귀하는 빼지 말며, 명호를 밝히고 나서라!"

"내가 누군지도 모르고 칼부터 뽑아……?"

마의노인, 마안귀옹 장요가 피식 웃었다.

비웃음이었다.

"가소롭기 짝이 없는 애송이로구나! 너 따위 애송이가 어디 감히 노부를 넘보는 게냐!"

헛웃음을 그치며 차갑게 쏘아붙인 장요가 대수롭지 않게 한 사람을 호명하며 명령했다.

"반낭귀(半狼鬼), 겁 모르는 저 애송이의 내장을 긁어 내서 내게 가져와라!"

"옙!"

장요 뒤에 음풍유마 소이광 등과 함께 서 있던 흑의노인들 중 하나가 대답했고, 동시에 장요의 어깨를 타고 넘어서 앞으로 나선 무허를 덮쳤다.

무허는 선택의 여지가 없었다.

그는 즉각 대응에 나섰고, 그게 격전의 시작이었다.

"땡중 네가 내 몫이다!"

음침한 냉소와 함께 장요가 대뜸 신형을 날렸다.

어느새 뽑아 든 그의 칼날이 현각대사를 겨누고 있었다.

음풍유마 소이광이 그 뒤를 따라서 칼을 뽑아 들며 신형을 날렸고, 그 곁에 서 있던 두 명의 흑의노인도 아무런 사전 동작도 없이 순간적인 속도로 흩어지며 공격했다.

남궁유화는 왠지 모르게 찜찜한 기분이었으나, 더는 그런 감정에 연연할 여유가 없었다.

현각대사가 선장을 쳐들며 태세를 갖추고, 그 뒤에 시립해 있던 사대금강이 대응에 나섰다.

자허진인과 적엽진인이 거리를 벌리며 태세를 갖추는 가운데, 무당십검의 두 사람인 청비자와 엽운자가 자허진인의 곁을 비호하고, 화산칠검의 다섯째인 검정이 뒤로 빠져서 후방을 경계했다.

　그 뒤로 찰나의 차이를 두고 동시다발적인 격돌이 이루어졌다.

　꽈광—!

　여러 사람이 한꺼번에 외치는 기합과 저마다의 병기가 일제히 맞부딪치는 소리, 그리고 그 여파로 인해 주변의 공기가 귀청을 찢을 것처럼 우렁우렁 울어재끼는 소리가 하나로 뒤엉키며 일시에 거대한 북이 터져 나가는 듯한 굉음으로 화해서 장내를 압도했다.

　다만 죽고 죽이는 그들의 생사결은 그다음에 시작되었다.

　서문세가가 배출한 당대의 검호로, 자타가 공인하는 호남제일검인 비검 서문하는 무림맹의 기습이 발각되고 사방이 전장으로 변해 버린 이후에도 별다른 활약을 하지 못한 채 눈에 띄는 잡졸들만 처리하고 있었다.

　기실 서문하는 보다 **빼어난 활약**을 하기 위해서 빠르게 영내로 침투했으나, 대체 이게 무슨 조화인지, 영내 깊숙이 들어설

수록 오히려 적의 숫자가 줄어드는 양상이었다.

그 때문이었다.

결국 서문하는 앞서 남궁유화가 가졌던 의혹을 품었다.

"혹시 이거……?"

서문하는 앞서 남궁유화가 가졌던 의혹을 품었다.

그때 측면 후방에서 터진 거대한 폭음 소리를 들었다.

"……!"

순간, 서문하의 의혹이 더욱 짙어졌다.

지금 그는 분명 천사교의 영내 깊숙이 진입한 상태가 분명함에도 폭음에 반응해서 나서는 자들이 없었고, 기존에 앞을 막아서던 마졸들의 반응도 예사롭지 않았다.

애써 내색을 삼가고는 있으나, 은연중에 서로서로 눈치를 보는 태도가 분명 적잖게 움츠러든 모습이었다.

'우리 기습이 제아무리 완벽했다손 치더라도 이렇게 허무하게 무너질 놈들이 절대 아니다!'

돌이켜 보면 애초에 천사교의 지휘관급인 초혼사자나 주력이라는 호교사자와 호교처사는 몇 명 눈에 띄지도 않았고, 대부분이 오사리잡놈에 불과한 일반교도들이었다.

그나마 적극적으로 덤비는 놈들도 별로 없었다.

서문하는 섬광처럼 뇌리를 스치는 생각에 퍼뜩 정신을 차리며 소리쳤다.

"다들 주변으로 흩어져서 천사교주의 거처를 찾아보시오!

어서 당장!"

남궁세가의 전대가주 남궁위악이 죽은 후부터 무림맹에 가입한 무림세가는 서문세가를 중심으로 뭉쳐 있었고, 그래서 지금도 그의 주변에는 무림세가의 명숙들이 다수 따르고 있었다.

그들 모두가 잠시 그의 지시에 어리둥절해하다가 이내 서둘러 사방으로 흩어졌다.

누가 뭐래도 그들 모두가 저마다 내로라하는 무림세가의 명숙들이었다.

이내 서문하의 말이 무엇을 의미하는지 깨달은 것이다.

때를 같이해서 서문하도 날아올랐다.

앞을 가로막고 있던 대여섯 명의 마졸을 덮치는 것이다.

마졸들이 다급히 방어에 나섰으나, 소용없었다.

서문하의 직감이 사실임을 증명하듯 그들의 칼질은 무의미한 손짓처럼 힘도, 의지도 담겨져 있지 않았다.

스칵—!

섬뜩한 소음이 울리며 피 화살이 뿜어졌다.

서문하가 일말의 자비도 없는 검초로 우왕좌왕하는 마졸들의 목을 베어 버린 것이다.

호남제일검이라는 별호와 어울리는 신랄한 검초였다.

그런데, 마치 우연인 것처럼 마졸 하나는 그의 공격을 막고 그 여파에 수중의 칼을 놓치는 것으로 그쳤다.

물론 그건 우연이 아니었다.

서문하의 의도였다.

칼을 놓친 마졸이 기겁하며 엉덩방아를 찧는 사이, 번개처럼 그 곁으로 내려선 서문하의 검극이 그자의 목을 겨누었다.

"지금 내가 묻는 말에 제대로 대답해 준다면 살려 주마. 천사교주가 여길 버린 거냐?"

"……!"

아무리 봐도 천사교의 말단에 불과한 호교처사에 불과할 것 같은 마졸은 잔뜩 겁에 질려서 엉덩이를 뒤로 끌었다.

그리고 대답을 하려는 듯 입을 벌리다가 느닷없이 새파랗게 질려서 부들부들 몸을 떨다가 피를 토하며 쓰러졌다.

실로 급살을 맞은 것 같은 죽음이었다.

"금제……?"

서문하는 너무 황당해서 잠시 넋을 놓았다.

살아생전 이런 식의 죽음을 목도하는 것은 처음이지만, 마교에서 비밀을 누설하지 않게 하려고 수하들에게 이런 식으로 악독한 모종의 금제를 걸어 놓는다는 사실은 그도 익히 들어서 잘 알고 있는 것이다.

"지독한 놈들!"

서문하는 이내 치를 떠는 것으로 정신을 차리며 서둘러 신형을 날렸다.

일각여삼추, 그야말로 한시가 급했다.

어서 빨리 천사교주의 거처라도 찾아야 했다.

지금으로서는 그의 짐작대로 천사교주가 여기 비밀 총단을 버린 것인지 확인할 수 있는 방법은 그것밖에 없었다.

별다른 활약도 못한 채로 천사교의 영내 깊숙이 들어선 것은 서문하만이 아니었다.

현 통일개방의 용두방주인 취죽개의 명령에 따라 몇몇 장로들과 함께 개방을 대표해서 이번 싸움에 참가한 소선풍 소붕도 그랬다.

그러나 그게 무슨 일이든지 간에 마음을 놓는 순간이 바로 위기라는 옛말은 하나도 틀리지 않았다.

대체 이게 뭔가?

제아무리 예기치 않은 기습이라고 해도 무슨 이런 무혈입성이 다 있나 싶은 그때, 그는 실로 부담스러운 적과 조우했다.

영내를 빠르게 거스르다가 눈에 띈 거대한 전각이었다.

아무래도 천사교주의 거처이거나, 적어도 그에 준하는 마두의 거처라고 짐작하고 조심스럽게 주변을 살피며 안으로 들어서려다가 마주친 백발노인이었다.

일반적인 무림인의 기도와 달리 아지랑이처럼 전신에서 발현되는 검은 기류, 소위 마기와 두 눈에서 뿜어지는 핏빛 광채의 강렬함으로 봐서 최소한 천사교의 십이신군에 준하는 고수

천왕천의
주인

로 짐작되는데, 아무래도 그는 상대가 자신과 비교할 수 없을 정도로 월등히 뛰어난 마도고수라고 인정할 수밖에 없었다.

마기가 이글거리는 한 자루의 칼을 어찌나 귀신처럼 다루는지 그가 동행한 두 장로와 함께 셋이서 합공을 하는데도 승기를 잡기는커녕 연신 수세에 몰려서 살아남기에 급급한 형편이었다.

그러던 어느 한순간, 쌍수를 내밀어서 백발노인의 일 장을 마주치고는 속절없이 저만치 날아가서 벽에 부딪치고 튕겨 나온 육장로, 철장개(鐵掌丐)가 가슴을 부여잡으며 외쳤다.

"유명마도(幽冥魔刀)!"

백발노인이 히죽 웃었다.

"이제야 알았나? 그래, 노부가 바로 유명마도 복양소(濮陽遡)다. 어른을 알아본 상으로 고통 없이 죽여 줄 테니, 목이나 길게 늘여라!"

소붕은 물론, 그와 함께 손을 합쳐서 공격에 나서려던 칠장로, 육선개(六線丐)도 절로 안색이 굳어졌다.

유명마도 복양소라면 오십여 년 전, 과거에 고절한 도법으로 천하칠도(天下七刀)의 하나로 꼽히던 거마이면서도, 잔인하고 흉포한 인면수심의 살인 행각을 자행해서 일찍이 무림공적으로 낙인찍힌 칠대악인의 하나였다.

복양소가 천하제일고수인 무왕에게 도전했다가 이틀 밤낮을 싸운 끝에 패하는 바람에 무림을 등지고 은거했다는 일화는 아직도 혹자들의 입에서 회자되는 유명한 이야기라, 이제 고작 이십 대인 소붕도 그에 대해서 익히 잘 알고 있는 것이다.

'염병! 천사교가 전대의 거마효웅들을 무작위로 받아들인다는 얘기를 듣긴 했지만, 이런 인면수심의 무림 공적까지 거두다니……!'

소붕은 안 그래도 기력이 딸려서 후들거리는 두 다리를 겨우 부여잡고 있는 판에 백발노인의 정체가 실로 감당하기 어려운 전대의 거마인 유명마도 복양소라는 얘기를 듣자, 실로 맥이 빠져서 당장이라도 쓰러질 것 같은 기분이었다.

그러다가 그는 문득 반색했다.

때를 같이해서 장내로, 정확히는 그들을 바라보고 있는 복양소의 뒤쪽으로 한 사람이 내려서고 있었기 때문이다.

"다행이군. 그렇게나 유명한 작자라면 나 하나쯤 더 손을 보태도 욕할 사람은 없을 테니까."

호남제일검 서문하였다.

유명마장 복양소의 눈빛이 약간 달라졌다.

그도 서문하가 호남제일검으로 불리는 손꼽히는 검호라는 사실을 알고 있는 눈치였다.

다만 일말의 긴장일 뿐, 경계하거나 두려워하는 눈치는 전혀 아니었다.

당대의 검호인 서문하를 마주하고도 긴장하지 않는다면 무림인이 아닐 텐데, 그나마 그는 그 일말의 긴장조차도 흡사 맛

있는 사냥감을 앞에 둔 기쁨의 조바심으로 보였다.

야수의 그것처럼 싸늘하게 바뀐 눈빛과 슬며시 떠오르는 입가의 미소가 그것을 대변하고 있었다.

호남제일검을 꺾어 버리겠다는 야심 혹은 꺾을 수 있게 되었다는 흥분으로 심장이 격하게 뛰는 긴장인 것이다.

그러나 아주 잠시였다.

서문하의 뒤쪽으로 또 한사람이 내려섰기 때문이다.

"그럼 저 역시 나서도 되겠구려. 대신 거기 다친 사람은 물러나도록 하시오."

방립을 눌러쓴 사내, 금안혈승이었다.

본능적으로 경계하던 서문하가 자못 이맛살을 찌푸렸다.

그는 금안혈승의 정체를 모르는 것이다.

"우리 편입니다! 설 대협의 수하입니다!"

소붕이 재빨리 소개했다.

금안혈승이라는 명호를 밝히지 않은 것은 평소 사마외도를 경멸하는 서문하의 성정을 익히 잘 알고 있었기 때문이다.

서문하가 표정을 풀었다.

하지만 복양소는 심각하게 일그러진 표정을 풀지 않았다.

그럴 수밖에 없는 것이 그는 호남제일검은 서문하보다도 지금 나타난 금안혈승이 더 눈에 거슬렸다.

짙은 피비린내가 났기 때문이다.

'나와 같은 부류다!'

복양소는 느낌을 알 수 있었다.

지금 그의 눈에 들어온 방립인, 그는 정체를 모르나 금안혈승은 자신과 동종이었다.

상대는 분명 자신처럼 살인을 밥 먹듯이 하는, 보다 정확히 말하면 살인을 즐기는 부류의 인간인 것이다.

'이런 자가 무림맹의 일원……?'

복양소는 분명 자신과 같은 부류라 도무지 정도와 대의에 죽고 산다는 무림맹과 어울리지 않는 금안혈승의 등장이 매우 눈에 거슬렸다.

금안혈승 자체도 거슬리지만, 그 배후가 더 께름칙했다.

무림맹과 어울리지 않는 금안혈승과 같은 자가 나타났다는 것은 배후에 누가 더 있을지 모르는 것이다.

'이럴 줄 알았으면 그냥 포기하고 가는 건데……!'

복양소는 이제야말로 자신의 선택을 후회했다.

기실 그는 비밀 총단을 버리고 떠나는 천사교주의 일행에 속해 있었으나, 남몰래 대열을 이탈해서 여기 천사교주의 거처로 돌아왔다.

그간 천사교주가 이곳에서 극비리에 꾸민 일들의 흔적을 살펴보기 위함이었다.

그가 천사교의 식객으로 들어온 이유가 그것이었다.

애초에 그는 천사교주가 아니라 다른 사람의 지시를 받고 움직이는 간자였던 것이다.

그러나 후회는 아무리 빨라도 늦다.

'속전속결! 시간을 끌면 퇴로가 막힌다!'

복양소는 두 눈을 야수처럼 빛내며 자신을 마주 선 서문하와 금안혈승의 틈을 노렸다.

소붕을 비롯한 개방의 거지들은 의식적으로 외면했다.

서문하와 금안혈승에 비교해서 그들의 기세는 현격히 떨어졌다.

그때 서문하가 천천히 움직이기 시작했다.

그의 검이 비스듬히 사선을 그리며 아래로 숙여졌다.

금안혈승도 태세를 갖추었다.

수중의 핏빛 박도를 지면으로 늘어트리는 태세였다.

'일부러 틈을 보이는 건가?'

복양소는 내심 그렇게 판단했다.

세상의 그 어떤 기수식도 저들처럼 느슨하지 않았다.

"타앗!"

복양소는 고함을 지르며 달려들었다.

서문하와 금안혈승이 자신을 끌어들이기 위해서 일부러 틈을 보인 것이라고 판단하면서도 지체 없이 먼저 공격해 들어간 것이다.

어쩔 수 없었다.

지금의 그에겐 그들의 태세를 살피고 말고 할 여유가 존재하지 않았다.

게다가 그들 정도의 고수는 어차피 뻔히 알면서 주고받는 공방이 주를 이루는 법이었다.

결국 승패는 상대의 공격을 아는지 모르는지가 아니라 저마다 개개인이 가진 반응속도와 지닌 바 무공의 파괴력이 결정하는 것이다.

그리고 그는 속도와 파괴력이라는 측면에서 그 누구에게도 지지 않을 자신이 있었다.

챙―!

서문하가 내리고 있던 검극을 전광석화처럼 쳐들어서 자신의 가슴을 찔러 드는 복양소의 칼끝을 막아 냈다.

복양소는 튕겨지는 칼을 당겨서 거듭 휘둘렀다.

그의 칼날이 서문하의 왼쪽 어깨와 오른쪽 옆구리를 잇는 선을 따라서 이동하며 가슴을 베어 갔다.

서문하도 물러서지 않고 그와 마찬가지로 검극을 당겨서 복양소의 칼날을 막아 냈다.

금안혈승이 그 순간에 움직였다.

그가 측면으로 미끄러지며 지면을 향하고 있던 박도를 휘둘렀다.

흐릿한 잔영을 남기며 휘둘러진 그의 핏빛 칼날이 서문하의 가슴을 노리고 칼을 휘두르는 복양소의 겨드랑이 아래 옆구리를 베어 갔다.

실로 적절하게 사각을 노리는 공격이었다.

스캭-!

복양소의 칼이 서문하의 검과 마주치며 옆으로 비껴 나가는 사이, 금안혈승의 박도가 복양소의 옆구리를 여지없이 훑어 버렸다.

붉은 핏물이 튀었다.

복양소가 대경실색하며 다급히 뒤로 물러났다.

서문하가 그 틈을 놓치지 않고 쇄도하며 검극을 뻗어 냈다.

검이 닿기도 전에 먼저 도착한 검기가 복양소의 가슴을 사납게 헤집으며 피를 냈다.

"헉!"

복양소는 헛바람을 삼키며 재차 후퇴했다.

이제야 서문하도, 그리고 금안혈승도 자신의 아래가 아님을 절감한 그는 연거푸 물러나며 퇴로를 확보하려 애썼다.

그러나 그가 무시하고 있던 소붕이 어느새 그의 뒤에서 수중의 타구봉을 휘둘렀다.

실로 예기치 못한 기습이었다.

또한 소붕의 타구봉법은 앞서 그가 평가한 것보다 고절한 수준이었다.

소붕이 최후의 일격을 가하기 위해서 자신의 경지를 숨기고 있었던 것이다.

복양소는 그걸 막을 수도, 피할 수도 없었다.

퍽-!

둔탁한 소음과 함께 복양소의 등뼈가 부러졌다.

소붕이 숨기고 있던 일신의 공력을 동원한 결과였다.

"크으……!"

복양소는 절로 신음하며 한무릎을 꿇었다.

그 순간 거짓말처럼 지면을 뚫고 나온 칼날이 있었다.

순식간에 지둔술을 펼친 금안혈승의 핏빛 박도였다.

그 박도의 서슬이 한무릎을 꿇으며 숙여지는 그의 턱을 뚫고 들어가서 그대로 머리 중앙 정수리까지 관통해 버렸다.

복양소의 착각은 소붕의 무력만이 아니었다.

서문하는 물론 금안혈승의 무위도 그의 평가보다 높은 경지였던 것이다.

푸욱―!

섬뜩한 소음이 사라진 뒤로 복양소의 신형이 위로 쳐들리는 머리를 따라서 들썩하다가 이내 앞으로 고꾸라졌다.

턱에서부터 머리를 관통한 금안혈승의 박도가 얼굴을 반으로 쪼개며 빠져나가 버린 것이다.

서문하가 그제야 금안혈승의 정체를 알아보며 눈살을 찌푸렸다.

"지천사멸도(地天死滅刀)! 백마사의 주지였나?"

금안혈승이 핏빛 박도를 허공에 휘둘러서 피를 털어 내고 허리에 갈무리하며 서문하를 향해 히죽 웃어 보였다.

"지금은 그저 설 공자를 모시는 풍잔의 식구요."

서문하가 쓰게 입맛을 다셨다.

설무백의 수하라는 얘기를 들었음에도 못내 떨떠름한 표정이었다.

그때 소붕이 말했다.

"어째 어울리지 않게 비대하다 했더니만, 역시 이 사람 이거 뭔가 가진 게 아주 많은 걸요?"

소붕은 죽은 복양소의 품을 뒤지는 중이었다.

복양소의 품에서 크고 작은 책자와 여러 종류의 약병, 그리고 전서를 보낼 때 쓰는 작은 전통이 우수수 쏟아졌다.

서문하가 관심을 보이다가 아차 하고는 채근했다.

"대충 챙기고, 어서 가세. 사람들에게 천사교주가 벌써 내뺐다는 것을 알려야 해."

금안혈승이 말꼬리를 잡았다.

"그리 서두르지 않아도 될 거요."

서문하가 어리둥절해하는 표정으로 금안혈승을 바라보았다. 이유를 묻는 눈초리였다.

금안혈승이 어깨를 으쓱하며 부연했다.

"놈이 이리 선뜻 여기를 포기하고 도망친 것은 아주 의외지만, 우리 주군이라면 이 정도의 변수도 이미 예측했을 것 같아서 하는 소리요."

서문하가 미심쩍은 표정을 짓는데, 소붕이 웃는 낯으로 동의했다.

"맞아요. 저도 그렇게 생각해요. 그래서 계곡의 정면에 따로 병력을 배치하라는 소리가 없었을 거예요. 빠져나갈 길을 터 준 거죠."

소붕이 그래도 조금은 확신이 없는지 슬쩍 금안혈승에게 시선을 주며 재우쳐 물었다.

"그렇죠?"

금안혈승은 어깨를 으쓱하고 돌아서며 구시렁거리듯 대답했다.

"아마도…… 그렇지 않을까 하는…… 아닐 수도 있고……."

천사교주는 그 시각 사두마차를 탄 채 잠산을 벗어나서 안휘성 태호로 이어진 관도를 타고 있었다.

사두마차의 주변에는 천사교의 요인들이 올라탄 말들이 수십 기였고, 그 뒤로는 천사교의 주력인 백여 명의 초혼사자들과 그 예하인 오백여 명의 호교사자들이 줄지어 따르고 있었다.

그나마 나름 인원을 나누고 분산시켜서 그 정도였다. 그러지 않았다면 아닌 밤중에 홍두깨처럼 때아니게 수천의 병력이 아침 이슬을 맞으며 이동하는 장관이 연출되었을 터였다.

물론 그 주체인 천사교주는 마차에 오른 순간부터 내내 불편하고 거북한 속내를 굳이 감추지 않았다.

시간이 지날수록 더욱 심해지기만 했다.

"이게 말이 되는 건가? 정말 올바른 판단인 거야?"

아마 잠산과 상당히 멀어졌기 때문일 것이다.

무림맹이 매복을 준비했다면 가장 적당한 장소라고 판단되는 지역을 전부 다 지나쳐서 태호로 이어진 관도를 타고도 한참 지난 지점이 되자, 천사교주는 작금의 판단을 내린 자면신군을 대놓고 추궁하기 시작했다.

자면신군은 실로 곤혹스럽기 짝이 없었다.

아무리 생각하고 또 생각해 봐도 무림맹이 단독으로 이번 기습을 감행했다고는 볼 수 없었다.

본산이 완전히 무너지거나 적어도 피해를 입은 구대문파와 무림세가들이 적지 않은데다가, 정보를 주관하는 개방마저 흑도천상회의 공격으로 막대한 피해를 입어서 소위 까막눈이 되어 버린 무림맹이 무슨 어처구니없는 배짱으로 외부의 지원도 없이 그들을 공격할 수 있을 것인가.

그런데 나름 매복이 있을 것이라고 판단되던 위험지역을 통과하는 동안 단 한차례의 매복도 없었다는 사실은 절대 변할 것 같지 않은 그의 판단마저 흔들어 놓고 있었다.

정말 이럴 리가 없었다.

이대로라면 그의 판단이 틀린 것이다.

무림맹은 단독으로 그들을 기습했다는 뜻이 되는 것이다.

그 때문이었다.

자면신군은 이대로 무사히 태호 인근에 마련한 새로운 비밀 총단에 도착하는 것을 바라야 함에도 오히려 적의 매복이, 그 것도 제삼의 적이 깔아 놓은 매복이 나타나기만을 고대하는 입장이 되어 버렸다.

안 그러면 적의 매복이 아니라 천사교주의 손에 죽을 것 같았다.

그 바람에 그답지 않은 실수를 했다.

"일단 조금만 더 기다려 보시지요."

자면신군은 말을 하고 나서야 아차 했으나, 천사교주의 눈빛은 이미 싸늘하게 변해 있었다.

"조금만 더 기다려 보자니? 너는 지금 매복이 나타나서 고대하고 있는 것이냐? 매복이 없는 것을 확인하고 척후를 제외한 주변의 모든 수하들을 물려 버린 지금 이 시점에?"

"아, 아니 그게 아니라……!"

"그게 아니면?"

"그러니까 제 말은……!"

자면신군은 진땀을 흘리며 자신의 실언을 어떻게 해야 무마할 수 있느냐를 찾아서 백방으로 염두를 굴렸으나, 도무지 그게 쉽지 않았다.

그때 달리던 마차가 크게 덜커덩거릴 정도로 급격히 속도를 줄이며 멈추었다.

자면신군은 못내 반색하며 물었다.

"무슨 일이냐?"

어자석의 수하가 다급히 대답했다.

"최, 죄송합니다! 초적 나부랭이들이 앞으로 뛰어는 통에 그만……!"

자면신군은 이번에는 못내 죽상을 했다.

실망스럽게도 기다리던 적이 아닌 것이다.

그러나 천사교주의 면전을 벗어날 기회를 놓치지는 않았다. 그는 즉시 밖으로 뛰쳐나갔다.

"감히 어떤 잡것들이……! 어? 아……!"

마차의 문을 박차고 나가서 어자석으로 오른 자면신군은 실로 묘한 기분에 휩싸여 버렸다.

어자석에서 고삐를 잡고 말을 몰던 수하, 초혼사자들의 사대 수좌 중 하나인 대과조(大瓜爪) 팽정(彭珊)은 알아보지 못했지만 그는 알아보았기 때문이다.

저만치서 관도를 막아선 자들은 세 사람이었고, 실로 하나같이 꾀죄죄한 몰골이었다.

팽정의 말마따나 산촌무지렁이가 굶주림에 겨워 농사를 짓던 쟁기를 들고 나선 초적 나부랭이로 보였다.

그러나 아니었다.

관도를 막고선 세 사람 다 범상치 않은 고수였다.

의도적인지 아니면 자연히 그런 것인지 기세가 드러나지 않고 있지만, 자면신군은 바로 알아볼 수 있었다.

그는 그 정도는 되는 고수였다.

무엇보다도 그들의 중앙을 차지하고 서서 그들을 향해 빙글 거리는 사내의 외모가 모든 것을 말해 주고 있었다.

긴 속눈썹 아래 푸른 보석이 불빛을 받아 빛나는 듯한 눈동 자와 오뚝한 콧날에 더해서 여인의 그것처럼 도톰하고 작은 입 술의 조화는 절색의 여자라고 착각할 정도로 수려한 용모였다.

무엇보다도 그런 얼굴과 어울리지 않게 덥수룩한 더벅머리 가 마치 은빛 보관(寶冠)을 쓴 것처럼 눈부신 은발이었다.

'놈이다!'

그렇다.

놈이었다.

본의 아니게 그가 바라마지 않던, 아니 솔직히 말해서 애타 게 기다리던 사신 설무백이 나타난 것이다.

"멍청한 놈!"

자면신군은 절로 욕설을 뱉어 냈다.

시선은 설무백에게 고정되어 있으나 곁에 있는 팽정에게 쏘 아붙인 욕설이었다.

세상에 저렇게 특이한 용모의 인물이 또 어디에 있다고 고 작 초적나부랭이로 본단 말인가.

"예?"

팽정이 어리둥절해하는 반응을 보이는 사이, 자면신군은 나 직한 어조로, 하지만 마차안의 천사교주는 충분히 들을 수 있는 목소리로 말했다.

"놈이 나타났습니다. 설 가 애송이입니다, 교주."

마차의 문이 와장창 부서졌다.

그 파편 사이로 부상한 잿빛 그림자가 어자석으로 올라섰다.

눈에 불을 켠 천사교주였다.

그때 설무백의 입가에 특유의 미온한 미소가 번지며 무감동한 목소리가 들려왔다.

"나를 아네?"

천사교주가 씹어뱉듯 중얼거렸다.

"네 말이 옳았어. 무림맹의 배후에 저놈이 있었군그래."

자면신군이 다행이다 싶으면서도 못내 아쉽고 또한 걱정스러운 기분에 사로잡히며 대답했다.

"솔직히 말씀드리자면 저놈이 아니라 혈가이길 바랐습니다."

천사교주의 눈썹이 꿈틀했다.

"저놈을 혈뇌사야보다 높이 평가하는 거냐?"

자면신군이 일말의 망설임도 없이 인정했다.

"예. 혈뇌사야와 달리 저놈의 한계치는 계산이 안 돼서 말입니다."

천사교주가 비릿하게 웃었다.

"그럼 어디 한번 이 자리에서 잘 계산해 봐. 어차피 죽을 목숨이라 쓸데없는 짓일 테지만, 그래도 사람이 호기심은 풀어야지 않겠나."

자면신군이 잠시 뜸을 들이다가 불쑥 물었다.

"내친김에 솔직하게 한 말씀 더 드리고 싶은데, 허락해 주시겠습니까?"

천사교주가 대수롭지 않게 승낙했다.

"무슨 말인데 그리 뜸을 들여? 어서 말해 봐."

자면신군이 말했다.

"애들로 하여금 저자를 막게 해서 적당히 따돌리고 자리를 뜨는 것이 어떻겠습니까?"

"⋯⋯?"

설무백을 주시하고 있던 천사교주가 황당한 표정으로 변해서 자면신군을 바라보았다.

"진심이야?"

"물론 진심입니다."

"이유는?"

천사교주는 분노한 기색이었다.

자면신군은 그에 아랑곳하지 않고 냉정한 모습으로 차분하게 대답했다.

"산해관 밖에 주둔한 몽고군이 소수 정예로 구성된 황군과 관외무림인들의 기습으로 일패도지했고, 와중에 그들을 지원하고 있던 광천가의 부의기 가주가 행방불명되었다는 소식을 들으셨죠?"

마교대법을 통한 연락 수단인 마마진경으로 통해서 사흘 전에 전해들은 소식이었다.

천사교주는 이유를 묻는 말에 뜬금없는 반문이 돌아오자 절로 이맛살을 찌푸리다가 이내 안색이 변했다.

섬광처럼 뇌리를 스치는 무언가가 있었다.

그는 바로 고개를 돌려서 설무백 등을 바라보았다.

거지꼴과 다름없는 설무백 등의 몰골이 그의 눈을 아프도록 시리게 자극했다.

자면신군이 그런 그를 힐끔 일견하며 말을 계속했다.

"산해관에서 여기까지 쉬지 않고 달려오면 제아무리 천하의 고수라도 저 꼴을 면치 못하겠지요."

천사교주는 이제야 자면신군이 하려는 말을 이해하며 어이없어 했다.

"사만의 몽고군과 광천가의 정예를 격파하고 고작 사흘 만에 관외에서 여기까지 왔다고?"

"상식적으로 납득하기 어려운 일이나, 애초에 황군과 관외의 무림인들이 손을 잡고 나섰다는 것부터가 상식적이지 않은 일이었습니다."

"그래서? 저 애송이의 하해와 같은 능력이 두려우니까 여기서 다시 또 도망쳐야 한다?"

반문하는 천사교주의 입가에 싸늘한 미소가 맺혔다.

자면신군은 그 반응을 보고 천사교주가 물러서지 않겠다는 의지를 바로 읽을 수 있었다.

그러나 그는 포기하지 않고 말을 더했다.

"지금 여기는 우리가 아니라 놈이 선택한 전장입니다. 외람된 말씀이나, 여기서 저자를 잡는다고 해도 우리 역시 절반 이상의 전력이 상하리라는 것이 저의 판단입니다. 그래서야 놈을 잡아도 손해면 손해지 우리에게는 아무런 이득이 없습니다."

천사교주가 화를 냈다.

"어째서 아무런 이득이 없다는 것이냐?"

자면신군은 어디까지나 냉정하게 대답했다.

"우리가 저놈을 잡는다고 해서 마교총단을 수중에 넣을 수 있는 게 아니질 않습니까. 저놈을 잡다가 그 정도의 전력이 손상되면 우리는 내일을 걱정해야 할 입장이 됩니다. 사왕전의 적미사왕이 바보가 아닌 다음에야 그 정도로 무너진 우리와 손을 잡을 리 만무하니까요."

"……!"

천사교주의 눈빛이 변했다.

들끓던 분노가 차갑게 식어 가는 모습이었다.

그럴 수밖에 없는 것이, 지금의 그는 사왕전의 힘을 얻기 위해서 적미사왕의 장자방인 혈두타의 암살까지 도모하는 중이었다.

이는 마교총단을 수중에 넣으려면 천사교의 힘만으로는 부족하다는 결론을 내린 까닭인데, 만에 하나라도 오늘 싸움이 자면신군의 예상대로 돌아가서 천사교의 전력이 반감되는 날에는

또한 자면신군의 말마따나 적미사왕이 그가 내미는 손을 잡을
리 만무한 것이다.

'하지만!'

천사교주는 못내 난감한 표정이 되었다.

자면신군의 조언을 전적으로 따른다손 치더라도 문제가 다
해결되는 것은 아니었다.

자면신군의 판단대로 설무백의 무력이 그처럼 대단하다면
지금 이 자리에서 떼어 내기도 쉽지 않으리라는 우려가 스멀
스멀 기어올라서 그의 뇌리를 압박하고 있었다.

자면신군이 그런 그의 속내를 읽은 것처럼 혹은 사전에 이
미 그럴 줄 알았다는 듯 단호하게 조언했다.

"무엇을 걱정하시는지 압니다. 하지만 그건 염마귀(閻魔鬼)와
아수라귀(阿修羅鬼)를 내주시면 간단히 해결되리라고 봅니다."

"......!"

천사교주의 얼굴이 볼썽사납게 일그러졌다.

자면신군이 그런 그의 입이 열리기 전에 먼저 말을 덧붙였
다.

"그들을 대신할 재료는 충분히 준비되어 있지 않습니까."

"하지만……!"

천사교주는 망설였다.

난감하다 못해 곤혹스럽게 일그러진 그의 표정이 모든 것을
말해 주고 있었다.

자면신군의 말을 충분히 이해하고, 또한 그게 최선의 방법이라는 생각도 들지만, 아무리 그래도 정말이지 쉽게 승낙하기 어려운 결정이었다.

게다가 그러는 와중에 문득 그의 판단력을 흐리게 만드는 상념이 떠올랐다.

'근데, 저것들은 대체 무슨 생각으로 저리 길을 막고 서서 물끄러미 바라만 보고 있는 거지?'

설무백 등의 태도를 보며 문득 떠오른 의문이었다.

모습을 드러내고 앞을 막았다는 것은 이유 여하를 막론하고 이미 싸우겠다는 결정을 내렸다는 방증이었다.

그런데 대체 왜, 무슨 생각으로 저리 눈만 멀뚱거리며 우두커니 서서 시간을 보내는 것일까?

그때 천사교주의 망설임과 의혹을 동시에 해결해 주는 상황이 벌어졌다.

"자, 자객이다! 우리 대열 속에 자객이 침습해 있다!"

천사교주의 마차 뒤에 늘어서 있는 백여 명의 초혼사자들과 그 예하인 오백여 명의 호교사자들 속에서 터져 나온 누군가의 외침이었다.

천사교주는 반사적으로 고개를 돌려서 뒤를 돌아보았다.

그런 그의 시야로 여기저기서 썩은 짚단처럼 속절없이 툭툭 쓰러지는 초혼사자와 호교사자들의 모습이 들어왔다.

지금 당해서 쓰러지는 것이 아니었다.

벌써부터 누군가가 은밀하게 그들 사이로 스며들어서 소리 없는 살수를 자행하다가 뒤늦게 발각된 것이었다.

경호성이 발해진 이후에도 아무런 반응을 보이지 않고 통나무처럼 굳은 채로 서 있는 자들 역시 다수라는 것이 그 방증이었다.

실로 은밀한 살수에 당해서 선 채로 죽어 있는 것이다.

아니나 다를까, 저만치 앞에서 그저 우두커니 서 있던 설무백 등이 그 순간에 실로 아쉽다는 투의 대화를 나누었다.

"생각보다 빨리 들킨 건가?"

"아니죠. 생각보다 오래 간 거죠."

"누가 실수한 거야?"

"요미나 혈 노는 아닌 것 같고, 흑영 아니면 백영이겠죠."

설무백과 공야무륵의 대화였다.

잠시 묵묵히 그들의 대화를 듣고 있던 철각사가 가볍게 철각을 굴려서 '쿵' 소리를 내는 것으로 주위를 환기시키고 힐끗 천사교주를 일별하며 설무백을 향해 물었다.

"본인이 한번 저자를 상대해 보고 싶은데, 그래도 되겠소?"

설무백이 철각사와 마찬가지로 힐끗 천사교주의 모습을 일별하며 반문했다.

"괜찮겠어요?"

"괜찮지 않아도 한번 해 보고 싶소."

철각사의 단호하게 대답하자, 설무백은 어깨를 으쓱했다.

"저야 뭐…… 혈 노가 문제죠."

철각사가 잠시 머뭇거리다가 이내 씩 웃었다.

"승낙했소."

설무백은 피식 따라 웃었다.

암중의 혈뇌사야가 전음으로 소통하며 승낙한 것이다.

순간, 안 그래도 상황을 간파하고 붉으락푸르락하던 천사교주의 안색이 새파랗게 돌변했다.

가슴에서 부글부글 끓어오른 살벌한 분노의 감정이 머리꼭대기까지 치솟은 모습이었다.

"이런 개 잡종들이 감히……!"

"교주!"

자면신군이 다급히 나섰으나, 이미 늦어 버렸다.

천사교주의 뇌리에는 이미 앞서 그와 나누던 대화가 거짓말처럼 지워지고 없는 것 같았다.

"죽고 싶으냐?"

천사교주가 자신의 소매를 잡은 자면신군의 손을 내려다보며 나직이 으르렁거렸다.

결국 자면신군은 손을 놓을 수밖에 없었다.

그가 아는 천사교주는 필요하다면 그리고 해도 죽일 사람이었다.

천사교주는 자면신군이 물러나기 무섭게 발작적으로 소리쳤다.

"암중의 자객을 색출해라! 한 놈도 살려 두지 말고 죽여라!"

천사교의 정예들이 오랜 수련의 결과 몸에 배인 동작으로 저마다 태세를 갖추며 주변을 살피기 시작했다.

천사교주는 그 순간 어자석을 박차고 솟구쳐서 설무백을 향해 날아갔다.

그 앞을 마찬가지로 지상을 박차고 날아오른 철각사가 막아섰다.

"들었지? 일단 너는 내 몫이다!"

천사교주의 뒤를 따라붙은 자들은 바로 천사교의 무상인 아수권마 유백과 십이신군의 두 명, 그리고 언제 어디서나 그의 곁을 지키는 세 개의 그림자인 흑면귀와 백면귀, 청면귀였다.

천사교수가 으르렁거렸다.

"나서지 마라!"

천사교에서 천사교주의 명령은 절대적이었다.

아수권마 유백 등이 대번에 좌우로 흩어져서 길을 텄다.

천사교주와 철각사가 그 순간에 허공에서 격돌했다.

그리고 또 격돌했다.

천사교주의 명령에 따라 좌우로 흩어진 아수권마 유백 등이 철각사를 대신해서 설무백을 덮쳤고, 설무백은 마다하지 않고 나섰던 것이다.

꽈광—!

벽력이 치고 뇌성이 울었다.

천지가 개벽했다.

땅이 갈라지고 눈부신 폭광이 하늘을 뒤덮는 가운데, 반경 십여 장의 장내가 뒤집어졌다.

그러나 진짜 싸움은 그다음에 비로소 시작되었다.

동시다발적으로 터진 여러 사람들의 기합과 욕설, 전력을 다하느라 절로 뱉어지는 함성에 저마다의 무기들이 맞부딪치는 소리가 한데 어우러져 일어난 천지개벽이었다.

마치 거대한 폭죽이 터져 버린 것 같은 그 폭발의 뒤에 드러난 장내는 그야말로 아수라장이었다.

절대고수들의 격돌이 일으킨 경력의 여파를 견디지 못하고 휩쓸린 하수들의 대부분이 그 순간에 벌써 피를 뿌리며 나가떨어졌고, 그나마 애써 버틴 자들도 속절없이 비틀거렸다.

실로 고수와 하수의 차이가 극명하게 갈리는 일대격돌이었다.

일견 초토화된 그 속에서 또다시 앞선 폭음과는 다르지만 그만큼이나 파괴적인 느낌의 굉음이 장내를 압도했다.

꽈광-!

복잡하게 뒤엉킨 몇 가지의 공격과 방어가 일으킨 기세와 경력이 충돌하는 폭음이었다.

다른 사람들의 눈에는 조금도 보이지 않았으나, 천사교주와 철각사의 격돌, 그리고 그 뒤를 이어 나선 천사교의 마두들과 설무백 등의 격돌이었다.

그 여파로 다시금 땅바닥이 견디지 못하고 지진을 만난 것처럼 쩍쩍 갈라져 나갔다.

앞선 격돌의 여파를 가까스로 버틴 하수들이, 정확히는 그렇게 하수도 아니었다.

바로 천사교의 정예로 구분되는 초혼사자들의 일부가 졸지에 벌어진 땅속으로 가라앉는 가운데, 나머지 초혼사자들이 더 이상 버틸 엄두조차 내지 못한 듯 저마다 사력을 다해 메뚜기처럼 튀어서 장내를 벗어났다.

그 누구의 의도와 무관하게 장내가 그렇듯 빠르게 정리되는 가운데, 여전히 비산하는 흙더미와 어지럽게 흩날리는 희뿌연 흙먼지 속에서 마침내 격돌의 주체가 되는 인물들의 모습이 드러났다.

가장 먼저 격돌한 천사교주와 철각사는 허공에 두둥실 뜬 모습으로 대치하고 있었다.

두 사람 다 비교적 멀쩡한 모습이었으나, 눈썰미가 좋은 사람이라면 첫눈에 간파할 수 있을 터였다.

머리와 옷깃이 조금 흐트러진 것 이외에는 아무런 변화가 없는 천사교주에 반해 철각사의 안색은 더없이 창백했다.

애써 내색은 삼가고 있으나, 한 번의 격돌만으로 적잖은 내상을 입은 것이다.

그러나 그런 차이와 별개로 심각한 것은 천사교주였다.

일그러진 얼굴과 눈가에서 일어나는 경련이 그것을 대변하고 있었다.

그 상태로, 그가 물었다.

"넌 누구냐?"

철각사는 대답 대신 묵묵히 수중의 검을 사선으로 늘어트렸다.

검기가 출렁거리며 길게 뻗어 나가서 지면에 닿을 듯했다.

문답무용(問答無用), 말은 필요 없다는 태도였다.

천사교주가 비틀린 미소를 지었다.

그러다가 문득 두 눈을 크게 떴다.

그들과 수평을 이루는 저만치 허공에 천사교의 무상인 아수권마 유백을 여유롭게 상대하며 그를 향해 싸늘하게 웃고 있는 적포노인이 시야에 들어왔기 때문이다.

놀랍게도 그는 바로 혈뇌사야였다.

"혈뇌사야!"

천사교주는 실로 자신의 눈을 의심했다.

혈뇌사야가 어찌 설무백 등과 같이 나타났던 말인가.

'설마……?'

천사교주의 마음에 불길함이 깃드는 그 순간, 사방에서 벌어지는 격돌로 인해 복잡하고 어지럽게 뒤엉키는 기세와 경력의 소음을 졸지에 터진 거대한 북이 울리는 듯한 굉음이 압도했다.

천외천의
주인

꽝―!

설무백의 주먹이 세 사람의 공격을, 정확히는 천사교주의 보이지 않는 그림자들인 흑면귀와 백면귀, 청면귀의 합공을 막아 내는 소리였다.

아니, 단지 막아 낸 것이 아니었다.

대체 어떤 기공을 펼쳤는지는 모르겠으나, 흑면귀는 선혈이 낭자한 모습으로 허공에서 몇 바퀴나 돌며 날아가고, 백면귀는 한쪽 어깨가 박살 나서 팔이 떨어져 나간 상태로 추락하고 있었다.

그러나 그들보다 더 심각한 것은 청면수라였다.

청면귀가 튕겨 나가거나 추락하지 않은 것은 그 자신의 의지와 무관한 일이었다.

설무백의 한손이 청면귀의 머리를 움켜잡고 있었던 것이다.

"크으……!"

청면귀가 칠공에서 피를 흘리며 몸부림쳤다.

두 손이 멀쩡함에도 반격을 가하기는커녕 그저 설무백의 손목을 부여잡은 채 신음하고 있을 뿐이었다.

그리고 다음 순간!

퍽―!

청면귀의 머리가 수박처럼 터져 나가며 붉은 피와 허연 뇌수가 사방으로 튀었다.

그것이 찰나지간에 천사교주가 확인한 광경이었다. 그리고 더 이상의 상황은 확인할 수 없었다.

취리리리릭─!

섬뜩함을 자아내는 기파가 천사교주의 귓가를 파고들었다.

한눈을 파는 그를 노리는 철각사의 공격이었다.

"익!"

천사교주는 반사적으로 검을 뽑아서 철각사의 검을 막았다.

그가 검을 뽑아 드는 것은 참으로 이례적이 일이었다.

여태 그는 검을 뽑아 들 만한 적수를 마주한 적이 없었던 것인데, 그게 자만이 아니라는 사실이 바로 드러났다.

지옥의 겁화처럼 검붉게 이글거리는 그의 검극이 철각사의 검과 마주치는 순간, 눈부신 검광이 사방으로 폭사했다.

깡─!

뒤늦게 울린 거친 금속성이 장내를 우렁우렁하게 만드는 가운데, 철각사가 튕겨 나갔다.

"크으……!"

억눌린 신음을 흘리는 철각사의 입가를 타고 선홍빛 핏물이 점점 뿌려지고 있었다.

간신히 신형을 바로잡은 철각사의 입에서 신음과도 같은 경악이 흘렀다.

"사천마화검(死天魔火劍)!"

그랬다.

천마의 십대절기와 버금가는 마공을 추려 놓은 마경칠서에

등재된 환우최강의 마검법 중 하나인 사천마화검이었다.

천사교주가 비릿한 살소를 입가에 머금었다.

"그래, 사천마화검이다. 이름을 알면 위력도 모르지 않을 테니 어서 목이나 길게 늘여라!"

말을 끝맺기도 전에 그의 신형이 흐릿하게 사라졌다.

어지간한 사람의 눈에도 촛불이 꺼지는 것처럼 보이는 고도의 신법, 실로 눈부시게 빠른 움직임이었다. 그리고 그 신법만큼이나 빠른 검극이 그 뒤를 이었다.

허공에는 '쌔액' 하는 칼바람 소리만 끊임없이 들려오는 가운데, 철각사가 연신 뒤로 밀려 나갔다.

사력을 다해서 천사교주의 검극을 피해 물러나는 것인데, 실로 일방적인 수세였다.

그러던 어느 한순간, 철각사가 물러남을 멈추고 반전하며 검극을 내밀었다.

방어를 도외시한 반격, 동귀어진(同歸於盡)을 각오한 공격으로 보였다.

그래서인지 여태 볼 수 없던 기세가 일어났다.

검극에서 자라난 백색의 검광이 무한히 뻗어 나갔다.

가없는 기세가 폭사되며 수십 개로 늘어난 검극이 쇄도하는 천사교주를 그물처럼 뒤덮고 있었다.

"……!"

천사교주의 눈이 커졌다.

와중에 쇄도를 멈춘 그는 거짓말처럼 급반전해서 뒤로 물러났다.

무한히 자라난 철각사의 검기가 간발의 차이로 그가 들어서려던 영역을 폭풍처럼 휩쓸었다.

그가 후퇴하지 않았다면 그의 육신이 천 갈래 만 갈래로 찢겨 나갔을 검기의 폭풍이었다.

철각사가 그에 아랑곳하지 않고 연이은 공격을 가했다.

그는 수중의 검을 거대하고 무거운 바위라도 되는 것처럼 느긋하게 다루었다.

하지만 느긋해 보일 뿐, 전혀 느리지는 않았고, 순간적으로 무한정 뻗어 나간 검기가 뒤로 물러난 천사교주의 몸통을 수평으로 베어 가고 있었다.

"여의신검!"

천사교주가 부르짖었다. 철각사의 검공을 알아본 것이다.

질끈 어금니를 악문 그는 전력을 다해서 쳐든 검의 중단으로 철각사의 공격을 막아 냈다.

까깡—!

거친 금속성이 터지고 불똥이 튀었다.

사위가 무섭게 진동하고, 조각난 검기가 사방으로 눈부시게 비산했다.

와중에 성난 거령신이 이를 가는 듯한 섬뜩한 소음이 잠시 이어지다가 하나로 겹쳐졌던 그들, 두 사람의 신형이 누가 뒤에서 당기는 것처럼 빠르게 떨어짐과 동시에 소멸되었다.

결국 철각사와 마찬가지로 머리가 산발된 천사교주가 실소를 머금고 철각사를 바라보며 비아냥거렸다.

"웬 병신이 주제넘게 내 앞을 막나 했더니만, 네가 바로 그 잘난 무왕이었구나!"

철각사가 부정도 긍정도 하지 못한 채 천사교주를 노려보다가 울컥 한 모금의 선혈을 토해 내며 탄식했다.

"아쉽도다. 애써 감추다가 펼친 한 수였는데, 역시 지금의 나로서는 역부족이었어."

천사교주가 살소를 날렸다.

"역부족이면 죽어야지!"

말과 동시에 그의 신형이 흐릿하게 사라졌다.

다시금 '쐐액' 하는 칼바람 소리가 허공을 가득 메우고 있었다.

철각사는 반사적으로 수중의 검을 쳐들었다.

하지만 전에 비해 현저히 느리고 무력해 보였다.

앞선 격돌로 상당한 내상을 당한 몸이 의지를 따라가지 못하고 있는 것이다.

그때 그들의 공간에 한 줄기 강렬한 파공음이 추가되었다.

붉은 그림자가 폭풍을 일으키며 날아들어서 쇄도하는 천사교주를 마주하고 있었다.

한순간 모습을 드러낸 천사교주가 검붉게 이글거리는 수중의 검을 수평으로 휘둘러서 붉은 그림자를 베었다.

꽝―!

폭음이 터지며 붉은 그림자가 반으로 갈라졌다. 그리고 이내 다시 하나로 합쳐지며 사람의 모습으로 변했다.

혈뇌사야였다.

그새 아수권마를 처치해 버린 그가 철각사의 위험을 막아선 것이다.

"이젠 내가 나서도 되겠소?"

철각사에게 묻는 말이었다.

철각사가 희미하게 웃는 낯으로 두 팔을 펼쳐 보였다.

"보다시피 거부할 수 없구려."

천사교주가 분노에 가득 찬 눈으로 혈뇌사야를 노려보며 이를 갈았다.

"고작 뒤통수 한 대 맞았다고 발끈해서 중원의 떨거지들과 손을 잡은 건가?"

혈뇌사야가 누런 이를 드러내며 웃었다.

"네놈만큼 지독하진 않지만 그래도 나름 한 방 제대로 날린 거라고 생각하는데, 안 그렇게 생각하냐, 이 썩어 문드러져서 개도 안 먹을 배신자 새끼야?"

천사교주의 두 눈이 분노로 타올랐다.

자신이 남의 뒤통수를 치는 것은 경우에 따라서 당연하고 정당한 일이 되지만 남이 자신의 뒤통수를 치는 건 절대 있어서는 안 되는 일이고, 용납 또한 되지 않는 사람이 그였다.

그때 어디선가 자면신군의 다급한 외침이 들려왔다.

"교주, 후퇴를!"

천사교주는 대신 짐승의 울부짖음과도 같은 포효를 내질렀다. 악에 받쳐 전신의 공력을 일으키는 소리였다.

때마침 그 순간에 바람처럼 다가온 자면신군이 앞으로 나서는 그의 소매를 잡고 매달렸다.

"진정하십시오, 교주! 아직 늦지 않았습니다! 후일을 도모해야 합니다! 이대로 후미를 따라붙는 무림맹이 합류하면 우리는 전멸을 면치 못하게 됩니다!"

천사교주는 부지불식간에 손을 쳐들어서 자면신군을 한 대 갈기려다가 문득 멈추었다.

무림맹의 합류, 그리고 전멸이라는 말이 전해 준 충격이 그의 이성을 돌려놓은 것이다.

"……."

천사교주는 이성을 되찾았음에도 불구하고 못내 망설여지는 참인데, 어디선가 목청이 찢어지는 듯한 단말마가 들려왔다.

"크악!"

천사교주는 반사적으로 고개를 돌려서 확인하고는 눈가에 경련을 일으켰다.

비직인 삼귀에 이어 설무백의 앞을 막아섰던 오대마수의 대형, 무영노수가 피 떡으로 변해서 저 멀리 날아가고 있었다.

천사교주와 같이 그 광경을 목도한 자면신군이 다급하게 재촉했다.

"교주, 어서 후회를!"

천사교주가 마음을 다잡으며 질끈 입술을 깨무는데, 혈뇌사야가 성질을 부리며 나섰다.

"어딜 도망간다는 거냐! 가려거든 목을 내놓고 가라!"

혈뇌사야의 신형이 흐릿해지며 사라졌다.

붉은 그림자로 변한 그의 신형이 시위를 떠난 화살보다도 빠르게 천사교주를 덮치고 있었다.

천사교주는 더는 나서지 않고 지체 없이 뒤로 빠지며 소리쳤다.

"염마귀와 아수라귀는 나서라!"

천사교주가 타고 있던 마차의 지붕이 박살 나며 두 줄기 그림자가 하늘로 솟구쳐 올랐다.

그리고 본능처럼 빠르게 물러나는 천사교주를 따라가려던 혈뇌사야와 설무백의 앞을 막아섰다.

검은 장포를 휘날리는 두 명의 방립인이었다.

혈뇌사야가 볼 것도 없다는 듯이 일 장을 날렸다.

견고하게 응축된 붉은 기류가 그의 손을 떠나서 앞을 막아선 방립인들을 강타했다.

꽝—!

거친 폭음이 터졌다.

"크으……!"

혈뇌사야는 막대한 반탄력에 튕겨지며 오만상을 찡그린 채 장력을 날린 손목을 부여잡았다.

거대한 철벽을 후려친 것처럼 손목이 끊어질 듯 아팠던 것인데, 놀랍게도 앞을 막아선 방립인은 그 어떤 방어의 동작도 없이 몸으로 그의 장력을 감당했다.

그러나 혈뇌사야의 놀람은 설무백의 놀람에 비하면 아무것도 아니었다.

설무백은 그야말로 귀신을 본 것처럼 굳어져서 방립인들을 바라보고 있었다.

혈뇌사야의 장력으로 인해 방립이 쪼개지고 날아가서 드러난 그들의 얼굴 때문이었다.

"이게 무슨……?"

설무백은 할 말을 잃어버렸다.

어처구니없게도 그들, 두 명의 방립인이 바로 진주언가의 전대가주인 북천권사 언소보와 달마대사 이후 최고의 선승으로 추앙받던 소림사의 굉우대사였기 때문이다.

진주언가의 전대가주인 북천권사 언소보는 동방일기 손지광과 서천노조 채악, 남천귀영 목사진과 더불어 동사남북을 대표하는 사대고수로 명성을 떨쳤으며, 강북대협이라 불릴 정도로 인망이 두터워서 지난날 남북대전 당시 강북무림의 맹주로 추대되었으나, 그 직후 정체불명의 자객에게 암살당한 것으로 알려진 인물이었다.

또한 굉우대사는 소림사의 문을 연 발타선사와 별개로 소림사의 개산조사(開山祖師)로 불리는 달마대사 이후 최고의 성승으로 추앙받으며 당금 소림사의 정신적인 지주임을 자타가 공인하는 위인이었으나, 안타깝게도 돌연 노환에 기인한 광증에 걸려서 참회동에 머문다고 알려져 있었다.

그런데 아닌 밤중의 홍두깨도 이런 홍두깨가 없었다.

놀랍다 못해 어처구니가 없게도 죽었다는 언소보와 광증으로 참회동에 머문다는 굉우대사가 버젓이 멀쩡한 모습으로 나타난 것이다.

아니, 멀쩡하게 보이지는 않았다.

핏빛 광채가 서린 두 눈 아래 석탄처럼 까만 그림자가 드리워진 무감동한 얼굴이었다.

하물며 그들의 전신은 아지랑이처럼 이글거리는 검은 기류인 마기에 휩싸여 있었다.

"자, 잠깐!"

설무백은 혼란의 절정을 향해 치달아 가던 마음을 애써 다잡으며 소리쳤다.

공격에 나서려는 혈뇌사야를 제지한 것이다.

혈뇌사야가 사망혈사공의 핏빛 기류를 형성하던 두 손을 슬며시 거두며 의이한 눈빛으로 설무백을 바라보았다.

"아니, 왜……?"

"언가의 전대 가주와 소림의 성승인 굉우대사야."

"아……!"

혈뇌사야가 수긍하는 기색이다가 저 멀리 점으로 화하고 있는 천사교주 등을 확인하며 다급해진 안색으로 말했다.

"저놈을 놓치면 필시 화근이 될 겁니다! 게다가 이자들은 이미 마교대법으로 심령을 제압당하고 강시화되었습니다. 돌이킬 수 없습니다, 설 공자!"

"알아."

설무백은 곤혹스러운 표정으로 수긍하며 그 자리에서 흐릿하게 사라졌다.

때를 같이해서 혈뇌사야의 말마따나 강시가 되어 버린 언소보와 굉우대사가 시위를 떠난 화살처럼 빠르게 그의 잔영을 휩쓸었다.

고도의 경신술로 그들의 공격을 피한 설무백이 측면으로 서너 장 떨어진 곳에 모습을 드러내며 하던 말을 마저 했다.

"하지만 내 손으로 죽일 수는 없는 사람들이야."

혈뇌사야가 안색을 굳히며 거듭 말문을 열다가 그만두었다.

이제야 그도 감지한 것이다.

천사교주의 도주와 함께 천사교의 무리가 사방으로 튀어서 피에 물든 주검만이 널브러진 관도의 뒤쪽이었다.

다수의 무리가 빠르게 달려오고 있었다.

무림맹의 고수들이었다.

"크르르······!"

언소보와 굉우대사가 헛손질에 분노한 듯 짐승보다 더 기괴한 으르렁거림으로 성질을 부리며 설무백을 향해 돌아섰다.

그들의 전신을 휘감은 마기가 한층 더 짙어졌다.

설무백은 곤혹스럽게 미간을 찌푸렸다.

"근데, 이거 정말 곤란하군. 언가권과 소림권을 제대로 구사하는 걸?"

혈뇌사야가 당연하다는 듯 표정으로 주의를 주었다.

"보통 강시들이 아닙니다! 천마제혼술(天魔制魂術)과 더불어 마교의 양대섭혼술로 꼽히는 화령섭혼술로 심혼을 완전히 제압하고 마교대법을 펼쳐서 탄생시킨 역천불사강시라, 본연의 무공을 전부 다 사용할 수 있습니다!"

언소보와 굉우대사가 저마다 재차 태세를 갖추며 설무백을 향해 빠르게 다가섰다.

설무백은 잠시 대치하며 고개를 갸웃했다.

지금 언소보와 굉우대사는 지근거리에 있는 혈뇌사야는 쳐다보지도 않고 그에게 주력하고 있었다.

"뭐야? 나만 표적인 거야?"

혈뇌사야가 눈을 멀뚱거렸다.

"그럴 리가 없는데······? 불량품인가?"

언소보가 그사이 설무백을 향해 정권을 내질렀다.

거센 바람이 일어나며 단단하게 압축된 기운이 그의 정권에서 쏘아져서 설무백의 전면으로 쇄도했다.

"언가풍파권(彦家風波拳)이네."

설무백은 마주치지 않고 앞서처럼 고도의 신법으로 자리를 바꾸어서 피하며 중얼거렸다.

꿩우대사가 순간적으로 그가 나타는 방향으로 돌아서며 틀며 쌍수를 내밀었다.

한순간 그의 손바닥이 수십 개로 늘어나는 환상을 연출하며 수십 개의 장력이 일시에 쏘아졌다.

"천수여래장(千手如來掌)!"

설무백은 감히 경시하지 못하고 다급히 다시 신법을 펼쳐서 측면으로 자리를 바꾸었다.

꽈광—!

벽력과도 같은 폭음이 터지며 방금 전 설무백이 서 있던 바닥이 움푹 파였다.

"언가의 저놈은…… 아니, 저분은 제가 잡지요!"

장내의 싸움을 끝낸 공야무륵이 수중의 쌍도끼를 좌우로 펼쳐서 서슬에 맺힌 핏물을 털어 내며 언소보의 앞을 막아섰다.

"죽이진 마!"

설무백은 다급히 외치며 다시금 고도의 신법을 발휘해서 자리를 옮겼다.

고무줄처럼 길게 늘어난 꿩우대사의 주먹이 그가 남긴 잔영을 뚫고 들어갔다.

소림의 여래신수(如來神手)였다.

쐐애액─!

언소보가 그 순간에 거친 바람을 일으키며 돌진했다.

앞으로 길게 뻗어지는 그의 주먹이 새파란 강기에 휩싸였다.

공야무륵이 좌우로 펼치고 있던 쌍도끼를 가위처럼 오므려서 쇄도하는 언소보의 주먹을 잡았다.

깡─!

거친 금속성이 터지며 언소보의 주먹이 공야무륵의 쌍도끼에 물렸다.

보통 주먹이 박살 나거나 적어도 잘려져 나가는 것이 정상인데, 언소보의 주먹은 강철조차 무처럼 잘라 버리는 공야무륵의 도끼날에 물려 버리는 것이 다였다.

그 순간, 언소보가 잡힌 주먹을 비틀며 다른 주먹을 내밀었다.

공야무륵은 당황하는 와중에도 쌍도끼에 주먹을 낀 채로 측면으로 신형을 돌려서 언소보의 주먹을 피하며 반사적으로 높이 쳐든 도끼로 언소보의 어깨를 내려쳤다.

깡─!

다시금 쇳소리가 울렸다.

언소보는 멀쩡했다.

오히려 도끼가 튕겨지고 있었다.

공야무륵은 튕겨 나가는 도끼를 놓치지 않기 위해서 손아귀

천외천의
주인

가 쩌릿한 통증도 잊은 채 뒤로 물러나며 투덜거렸다.

"이러다가 제가 죽겠는 걸요?"

싸움에 나서지 않고 지켜보던 혈뇌사야가 재빨리 일 장을 날려서 거듭 뻗어지던 언소보의 주먹을 쳐 내며 물었다.

"도와주리?"

공야무륵이 이를 악물고 언소보를 덮치며 외쳤다.

"혼자 해 볼랍니다!"

설무백이 고도의 신법으로 전광석화처럼 쇄도해 드는 굉우대사를 피하며 소리쳤다.

"어디 하나 분지르는 것은 허락한다."

언소보의 머리 위로 떠오른 공야무륵이 쌍도끼를 내던졌다.

따당-!

언소보가 아무렇지도 않게 두 손을 휘저어서 공야무륵이 날린 도끼를 쳐 냈다.

막대한 기력이 담긴 도끼들이 속절없이 튕겨져 나가고 있었다.

그러나 진짜는 그게 아니었다.

공야무륵은 그 순간에 언제나 거북이 등딱지처럼 등에 짊어지고 다니는 대월을 두 손으로 움켜쥐며 말했다.

"이것도 안 통하면 도와줘요!"

어디 한번 혼자서 해 보라는 듯 기민하게 물러나는 혈뇌사야를 향해 하는 말이었다.

동시에 높이 쳐든 그의 대월이 검푸른 강기에 휩싸이며 일도양단, 태산압정의 기세로 공기를 갈랐다.

공야무륵의 독문부법인 마라추살부법의 삼 단계이자 마지막초식인 뇌격산화정, 일명 뇌정(雷精)이었다.

쐐애애액—!

거대한 아름드리나무를 통째로 휘두르는 듯한 파공음이 장내를 압도했다.

공격일변도이던 언소보가 처음으로 주춤하더니 두 손을 쳐들어서 교차한 팔뚝으로 떨어지는 대월을 막았다.

까강—!

거친 금속덩이 터지며 공야무륵의 대월이 막혔다.

공야무륵의 눈이 동그랗게 커졌다.

"정말?"

아니었다.

놀람의 순간도 잠시, 이내 공야무륵의 입가에 미소가 번졌다.

공야무륵의 대월은 두 손을 교차한 언소보의 팔뚝에 막힌 것이 사실이나 단순히 막힌 것이 아니라 박힌 것이었다.

대월의 서슬이 두 손을 교차한 언소보의 팔뚝에 절반이나 박혀 들어갔던 것인데, 정작 언소부의 문제는 그게 아니었다.

언소보의 두 팔뚝은 공야무륵이 펼친 절대 극강의 부법인 뇌정의 위력을 막아 내긴 했지만, 언소보가 서 있던 땅은 그러

지 못했고 그 바람에 언소보의 몸은 거대한 망치로 두들긴 대
못처럼 허리까지 땅속으로 박혀 버렸다.

"……!"

공야무륵은 그 기회를 놓치지 않았다.

"타아아앗!"

반사적으로 대월을 높이 쳐든 공야무륵은 야수처럼 포효하
며 재차 뇌정의 일수를 시전했다.

꽝―!

폭음과도 같은 거친 금속성이 터졌다.

언소보가 와중에도 다시 두 팔을 교차해서 공야무륵의 대월
을 막아 냈던 것이다.

그러나 그 여파로 언소보는 이제 턱이 땅바닥에 닿을 정도로
온몸이 땅속으로 박혀 버렸다.

공야무륵의 대월이 언소보의 팔뚝을 누르고 머리를 강타해
버린 결과였다.

"크르르르……!"

언소보가 야수처럼 울부짖으며 땅을 헤치고 나오려 했다.
하지만 헛수고였다.

공야무륵이 시전한 극강의 부법 뇌정을 두 번이나 감당한
언소보의 두 팔목은 이미 뼈째 부러진 채로 정상이라면 도저히
그럴 수 없는 방향으로 꺾어진 바람에 땅바닥을 헤칠 수가 없
었다.

공야무륵이 그런 언소보에게 결정타를 날렸다.

허우적거리는 언소보의 팔 하나를 발로 밟고 대월로 후려친 것이다.

칵ー!

억눌린 금속성이 터지며 언소보의 팔이 잘려져 나갔다.

언소보가 나머지 한 팔로 공야무륵의 발목을 잡아갔다.

공야무륵이 그 손 속을 피하며 역으로 그 손목을 발로 밟았다.

언소보는 이제야말로 꼼짝도 하지 못하게 되었다.

"까불고 있어!"

공야무륵이 바닥에 침을 뱉고는 슬쩍 혈뇌사야를 향해 씩 하고 웃어 보였다.

끝내 혈뇌사야의 도움을 받지 않았다는 자긍심이 그를 기쁘게 하고 있었다.

혈뇌사야도 못내 놀란 표정이었다.

역천불사강시가 얼마나 강력한 물건인지 누구보다도 잘 알고 있는 그는 설마 공야무륵이 혼자서 역천불사강시를 제압할 수 있다고는 생각하지 않았다.

그래서 호시탐탐 도울 준비를 하고 대기했는데, 놀랍게도 공야무륵이 혼자서 제압한 것이다.

그러나 혈뇌사야도 반골기질이 다분한 인물, 그냥 가만히 있었으면 진심으로 칭찬해 마지않았을 테지만, 대놓고 으스대는 꼴을 보니 그럴 마음이 씻은 듯이 사라졌다.

"그래, 너 잘났다! 네 똥 굵다 아주! 고작 강시하나 제압해 놓고 그리 으스대냐 그래?"

공야무륵이 능글맞게 웃으며 손가락으로 하늘을 가리켰다.

"이유야 어쨌든 주군도 아직 저러고 있는데요. 뭐."

공야무륵이 손가락으로 가리킨 하늘에서는 '쌔액' 하는 바람 소리가 끊이지 않고 들려왔다.

공야무륵의 말마따나 그때까지도 설무백은 꾕우대사를 제압하지 못하고 있었다.

사실은 제압하지 않고 있는 것이었다.

설무백은 꾕우대사와 마주치지 않았다.

소림의 절공들을 폭포수처럼 무지막지하게 쏟아 내며 광적으로 덤벼드는 꾕우대사의 공격을 고절한 신법으로 이리저리피하고만 있었다.

혈뇌사야가 쓰게 입맛을 다셨다.

"하여간 너무 세심하셔."

공야무륵이 무슨 뜻인지 바로 이해하며 피식 웃었다.

"아닌 척 하시지만, 원래 그런 분이시죠."

그때 내내 피하기만 하던 설무백이 한순간 물러서지 않고 미친 듯이 쇄도하는 꾕우대사를 향해 쌍장을 날렸다.

꽝—!

요란한 폭음이 터졌다.

격돌의 여파를 이기지 못한 꿩우대사가 저만치 밀려 나갔다.

  설무백은 한 번 더 쌍장을 날려서 중심을 잃고 흔들리는 꿩우대사를 더 멀리 떼어 놓았다.

  마침내 무림맹의 고수들이 장내에 도착했던 것이다.

다음 권으로 이어집니다

천외천의
주인

우리 교황님 좀 말려 주세요

판미손 퓨전 판타지 장편소설

비정상 교황님의 들도 보도 못한 전도(물리) 프로젝트!

이세계의 신에게 강제로 납치(?)당한 김시우
차원 '에덴'에서 10년간 온갖 고생은 다 하고
겨우 교황이 되어 고향으로 귀환했건만……

경고! 90일 이내 목표 신도 숫자를 달성하지 못할 시
당신의 시스템이 초기화됩니다!

퀘스트를 달성하지 못하면 능력치가 도로 0이 된다고?
그 개고생, 두 번은 못 하지!

"좋은 말씀 전하러 왔습니다, 형제님^^"

※주의※ 사이비 아닙니다, 오해하지 마세요!

망한 가문의 검술 천재가 되었다

소구장 퓨전 판타지 장편소설

**역사에서도 잊힌 비운의 검술 천재
최강의 꼰대력으로 무장한 채
후손의 몸으로 깨어나다!**

만년 2위 검사 루크 슈넬덴
세계를 위협하던 마룡을 물리치며
정점에 이른 순간

이대로 그냥 죽어 다오, 나를 위해서.

라이벌인 멀빈 코넬리오에게 목숨을 잃……
……은 줄 알았는데,
200년 후의 몰락한 슈넬덴가에서 눈뜨다!
가족이라고는 무기력한 가주, 망나니 1공자뿐
망해 버린 가문을 살리기 위해
까마득한 조상님이 팔을 걷었다!

**설풍 같은 검술, 그보다 매서운 독설로
슈넬덴가를 정점으로 이끌어라!**